大嫌いな次期騎士団長に嫁いだら、
激しすぎる初夜が待っていました

第一章　宿敵の男と政略結婚することになってしまった

自然豊かなウィテカー王国。ここは大陸の中でも広い国土を誇《ほこ》り、周辺諸国の中でも有数の存在感を放つ国である。

東側には大海原が広がり、魚介類をはじめとした豊富《ほうふ》な資源に恵まれている。

南側は交通の要所として交易が盛んで、温暖な気候からバカンスに訪れる者も多い。

北側は自然豊かな国というだけあり、美しい自然が広がる静養地として有名だ。

では、西側は？

西側には隣国との国境があり、常日頃からピリピリした空気を醸《かも》し出していた。というのも、隣接する国は血気盛《けっきさか》んな、世にいう武力国家なのだ。

そのために、ウィテカー王国は国の西側に大きな武力を置いている。

西側を守るふたつの伯爵家。

コナハン伯爵家と、フォレスター伯爵家。

このふたつの家は王国にとって守りの要《かなめ》であり、それぞれ王家からの信頼も厚い。

が、このふたつの家はとことん仲が悪かった。

それこそ、社交の場で顔を合わせてもにらみ合い、会話ひとつしないほどの険悪さ。

コナハン家とフォレスター家は王国にとって大切な存在だ。片方を贔屓《ひいき》にするということは、それすなわちもう片方を敵にまわすということ。歴代の王は触らぬ神に祟《たた》りなしとばかりに、ふたつの伯爵家について干渉してこなかった。

だが、二年ほど前に王位を継《つ》いだ第十七代目の国王は違った。

コナハン家とフォレスター家を、和解させようとしたのだ。

◇◇◇

「え、政略結婚、ですか？」

その日、フォレスター伯爵である父に執務室に呼び出され、フォレスター家の長女メアリーは怪《け》訝《げん》そうな声を上げた。

メアリー・フォレスター、十九歳。

ゆるく波打つ漆黒色の髪、長い睫毛《まつげ》にふちどられた意志の強そうな赤い瞳。その美しい容姿は十九歳とは思えないほど大人びていた。実際、彼女の態度には貫禄《かんろく》がある。

「あぁ、そうだ」

メアリーの父はただでさえ怖い顔をさらにしかめながら、彼女に向き合った。

メアリーはこのフォレスター伯爵家の次世代を担う跡取りだ。今のフォレスター家には娘しかおらず、長女であるメアリーが婿《むこ》を取って家督《かとく》を継《つ》ぐことになっていた。

そのため、結婚自体はおかしな話ではない。嫌がる理由もない。

けれど、メアリーにはひとつの懸念点《けねんてん》がある。

「お言葉ですが、私にはすでに婚約者がおります。わざわざ改まってお話をするということは……彼、エディ様がお相手ではないということでしょう？」

父は難しい顔でうなずいた。

「……そうだ」

エディ・ロウトンはフォレスター伯爵家の分家であるロウトン子爵の令息であり、メアリーの婚約者だ。

気は弱いが、女伯爵として家を盛り立てるメアリーを支えるにはふさわしいと判断された。そのため、約一年前にメアリーはエディと婚約したのだ。

「悪いが、その婚約は解消になる」

「なぜです？」

「王より、政略結婚を命じられたからだ」

はぁと露骨《ろこつ》にため息をつきながら、父は執務机の前からソファーに移動し、そこに腰かけた。

その様子を見つめながらも、メアリーは「王命、ですか」と静かに呟く。

「……それも、相手が問題でな」

父が不服そうにひげを撫でる。

この様子は、かなり面倒な相手なのかもしれない。メアリーの直感がそう告げて、思わず表情がこわばった。

「陛下がな、王命として結婚を命じてきた。ここまではいいな？」

その言葉と同時に、侍女が紅茶を運んでくる。

カップを口元に運びながら、メアリーはこくんと首を縦に振った。

貴族である以上、王命は絶対だ。

だがフォレスター家は多大な武力を有し、王家にとって恐れを抱く対象でもある。だからこそ、王家はフォレスター家に対し、ことさらに機嫌をとってきた。王命としてなにか依頼することがあっても、多大な報酬《ほうしゅう》と引き換えであることがほとんどだ。

だから王命とはいえ、そこまでフォレスター家にとって不利益になることがあるとは考えづらい。

それなのに、父はなぜそんなにも思いつめた表情をしているのか。

「まぁ、私とて貴族の娘。王命に背くことがあまり好ましいことではないことくらい、理解がありますす」

カップをソーサーの上に戻しながらそう答える。

だが、父の表情は相変わらず浮かないものだ。

もしかしたら、相手が問題のある人なのかもしれない。

一瞬だけそんな考えが頭をよぎるが、王家が変な輩《やから》をこの家に送りこむとは考えにくい。

「……それで、お相手はどちらさま？」

今度は父に顔を向け、メアリーは凛《りん》とした声でたずねた。

そんな娘の態度に覚悟が決まったのか、父はため息をひとつついたのち、声を上げる。

「……コナハン家の人間だ」

「コナハン、家」

その家名を聞いて、メアリーも露骨《ろこつ》に顔をしかめた。

コナハン伯爵家。

フォレスター家と同等の権力を持つ家であり……フォレスター家の人間にとって、忌《い》み嫌うべき家だ。

「陛下は、コナハン家と我がフォレスター家の和解をお望みなのだ」

父が震える声でそう告げると、メアリーは内心でため息をついた。

父の声の震えの原因は、決して怯えているからではない。……怒っているからだ。

それくらいメアリーも理解していた。

コナハン家とフォレスター家の因縁がはじまったのは、かれこれ百年以上前だと言われている。

詳しい事情こそ知らされてはいないものの、その敵愾心《てきがいしん》は子孫たちに代々受け継《つ》がれ、現在でもふたつの家はいがみ合っている。

メアリーも当然、父と母が嫌うように幼少期からコナハン家を忌《い》み嫌ってきた。

特に、小さなころよく母が言っていた。

『いい子にしていないと、コナハン家の男に攫《さら》われてしまうわよ』

と。

その言葉の真意をメアリーはよくわかっていない。

けれど幼いころからの刷りこみは、メアリーにとってコナハン家を忌《い》まわしき存在と思わせるには十分なものだった。

……まぁ、それとは別に個人的なもうひとつの理由があったりもするのだが。

「そう、ですか」

メアリーは目を伏せ、その真っ赤な瞳を揺らした。

フォレスター家にはもうひとり娘がいる。

名前はフローレンス・フォレスター。メアリーの三つ年下の最愛の妹。

本来ならばコナハン家へ嫁入りするのは跡取りとして育てられたメアリーではなく、次女のフローレンスにその役割がまわるはずである。

だが、それができない事情があるのだ。

メアリーはそれをよく理解していた。

(あの子は身体が弱いもの。コナハン家に行って耐えられるとは思えないわ)

フローレンスは虚弱体質だ。

子どものころから病気がちで、いつも姉のメアリーに頼りきりだった。

そんな彼女がコナハン家のような針の筵《むしろ》で生きていくことなどできるはずがない
だから父はメアリーにこの話をもちかけたのだ。それは容易に想像がつく。

メアリーにとってフローレンスはなによりも誰よりも大切な妹だ。

世の中にはいがみ合う姉妹も多いが、メアリーにとって彼女は可愛くて可愛くて仕方のない妹。

小さなころから自分の後ろをちょこちょことついてくる彼女を、嫌うというほうが無理な話だ。

なにをするにも一緒にいたがる甘えん坊な妹を、メアリーは目に入れても痛くないほどに可愛がっていた。

「それでお父様。……コナハン家のお相手というのは、やはり」

確かめるように言うと、父は言いづらそうに口をもごもごと動かす。

「……長男のシリル様だ」

「やっぱり、ね」

父の言葉に、メアリーはそう呟いた。

シリル・コナハン。

コナハン家の跡取り息子であり、国の西側を守る騎士団の次期団長という将来有望な男性だ。

年齢は二十三歳。

常に自信に満ち溢れ、それにふさわしい実力の持ち主だと周囲からはもてはやされている。

しかし、幼少期から彼と付き合いがあり、いわば幼馴染のような関係のメアリーは知っている。

自信家といえば聞こえはいいが、あれは度が過ぎた傲慢《ごうまん》であると。

(昔からいけ好かないのよ、あの人は)

手のひらを握りしめながら、メアリーは心の中でそうこぼした。

メアリーはシリルのことが嫌いだ。それこそ、大嫌いといっても過言ではないほどに。

コナハン家の人間だからというだけではない。

幼馴染として幼少期から付き合い続けたメアリーは、幾度《いくど》となく彼のあの傲慢《ごうまん》な態度に振りまわされてきた。

極めつけに、過去に起きた『とある出来事』。

それがきっかけで、彼に対して決定的な苦手意識も持つようになったのだ。

なので、本音を言えば彼との結婚などまっぴらごめんだった。

しかしフローレンスのことを思うと断るなんて選択肢はない。

(エディ様には悪いけれど……)

そっと目を伏せ、メアリーは噛みしめるように「わかりました」と返事をする。

「私とて貴族の娘。家のために嫁ぐなんてこと、どうということはありませんわ」

メアリーは凛《りん》とした声でそう宣言した。

父はそんなメアリーを見つめると、「悪いな」と頭を下げた。

その言葉を聞いて、メアリーは静かに首を横に振る。

「貴族が簡単に頭を下げるものではありません。それを教えてくださったのは、お父様でしょう?」

「……そうだったな」

メアリーのその言葉に、父は少しだけ口元をゆるめた。

貴族とは侮《あなど》られてはいけない存在だ。

だから、やすやすと他人に謝罪をすることは許されない。
メアリーは次期跡取りとしてそう教育されてきた。
それに、メアリーにも貴族令嬢としての矜持《きょうじ》がある。
逃げ出すなんてしたくないし、コナハン家に甘く見られるのも嫌なのだ。
「それではお父様。失礼いたします」
いまだに表情の暗い父にそれだけ告げ、メアリーは父の執務室を出ていった。
が、執務室の扉を閉めると、一気に身体から力が抜けてその場に崩れ落ちる。
(私があの人と結婚？　冗談じゃないわ！)
父の前では凛《りん》とした令嬢を演じた。
だが、ひとりになってその仮面を外せば、言いたいことは叫びだしたいほどにある。
(あんな人、大嫌いよ。小さいころにさんざん嫌がらせをされたじゃない)
今思えば、それは子どもの悪戯《いたずら》のようなものだった。命の危険があったわけでもない。
だが、メアリーにとっては許しがたいことばかりだ。
蛇を投げつけられたときには、さすがのメアリーも泣き出してしまった。
(それに……あのときのことも、あるし)
そう思い、メアリーはそっと目を閉じる。あれは忌々《いまいま》しい記憶。
今から三年ほど前のことだ――……

◇◇◇

当時のメアリーは西部を守る騎士団に女騎士として所属していた。

フォレスター家の跡取り娘なのだから……と、父に勧められた結果、一時的に騎士団に所属することになったのだ。

王都の騎士団も西部の騎士団も、女性の所属率は一割以下。つまり、完全な男社会。

メアリーはそこで舐《な》められないよう気丈にふるまっていた。

「……はぁ」

しかし、やはりままならないことはある。

女だからと舐《な》められ、領主の娘だからと対等に扱ってもらえない。

それは、メアリーの心に暗い影を落としていた。

さらにメアリーの心をかき乱すのが——シリルの存在だった。

「いやぁ、それにしてもシリル様は強いよなぁ」

「あぁ。あんな方が次期団長だなんて頼もしいかぎりだ」

騎士たちはシリルのことを口々に褒めたたえる。メアリーと接するときは一線を引く騎士たちも、シリルのことは手放しで賞賛するのだ。

それが気に食わず、メアリーはいつもシリルに突っかかったものだ。

「その傲慢《ごうまん》な態度、少しは改めたらどうなの？」

ある日はそう言ってシリルに突っかかった。

「あなたの言うことは正しいかもしれないけど、それにしたって言い方があるでしょう！」

女性の部下がシリルに叱責されたときはそう言って、涙を流す部下を庇《かば》って立ち向かった。

が、シリルは相手にもしようともしなかった。

ただ。

「傲慢《ごうまん》なつもりはない。実力に見合った態度でいるだけだ」

やら。

「戦場ではちょっとした油断が命取りだ。庇《かば》い合いならよそでやれ」

などと言われた。

メアリーだって、自身の行いがいわば言いがかりだと理解していた。けれど、どうしてもシリルに勝ちたかった。彼の上に、立ちたかった。

今思えばあのころのメアリーは幼かった。幼いころから彼に見下され続けたために、彼を見返してやろうと必死だったのだ。

でも、さすがに堪《こた》えるときもあって。

その日、メアリーはひとりでうなだれていた。

他の騎士が、自分とシリルを比べるのを聞いてしまったためだ。

彼らはメアリーよりもシリルのほうがずっと優秀で有能だと言っていた。

それくらいで傷つくような柔らかい心など、とうに捨て去った。そう、思っていたのに——無性に苦しくなった。

（私だって、本当はわかってるわ……）

自分が騎士に向いていないことも。

シリルのほうが騎士としてずっと優秀だということも。

彼の言葉が正論であるということも。

全部、全部わかっていた。

なのに、やめられなかった。

ここでやめたら逃げ出したと思われる。それが嫌で、ただ気丈にふるまっていた。

「……私、なんなのかしら」

宿舎の庭で木にもたれかかって、ぽつりとこぼす。

もしも男に生まれていたら、なにか違ったのかも——なんて益体《やくたい》もないことを思うほどに、この日のメアリーは落ちこんでいた。

そう物思いにふけっていたせいで、いつもならば気がつく忌々《いまいま》しい足音にメアリーは気がつかなかった。

「……メアリー？」

不意に名前を呼ばれて、ハッとする。

声のほうに視線を向けると、そこには騎士団の制服に身を包んだシリルがいた。

彼は今日、パトロールの当番だったはずなのに、なぜここに——そんなことを思って視線を泳がせていると、彼は「パトロールなら終わった」と言いながらメアリーのそばに近づいてきた。

「……泣いてたのか？」

シリルに指摘され、メアリーははじめて自分が泣いていることに気がついた。

けれど、それを認めたくなくて。メアリーは差し出された手を思いきり振り払う。

「ば、ばかっ！　そんなわけ、ないじゃない……！」

強がりだった。

実際は泣いていたし、落ちこんでもいた。

だけど、目の前のこの男にだけは知られたくない。

憎むべきコナハン家の男には——……

（それって本当に私の感情なの？）

ふと、そう思った。

自分はシリルのことを嫌っている。幼少期にされた数々の意地悪がそのきっかけだ。

だが、そもそも家の人間に「コナハン家は我がフォレスター家とはいがみ合う仲だ」と言われ続けたから、嫌わなければいけないと思わされている——のではないだろうか？

そう思い、シリルの目を真っ直ぐに見つめる。

すると、彼の顔がおもむろに近づいてきた。

「——っ！」

目元になにかぬるりとしたものが触れる。

その瞬間、メアリーは彼に舐《な》められたのだと理解した。

「なっ！」

思わず大きな声を上げ、後ろに飛びのく。しかし、シリルは面白そうに笑うだけだ。

その態度が――ひどくメアリーの心を揺らした。

この男はメアリーの涙を舐《な》めとったのだ。

泣いているのを馬鹿にしようとした、そうに違いない。

「泣くなよ。……まぁ、お前じゃ俺には勝てないしな」

普段のメアリーなら、気丈に言い返していただろう。

けれど文字通り舐《な》められたという衝撃から、なにも言えずその場に立ち尽くす。

「……けど、まぁ、その……なんだ。別に、騎士になんてならなくたって、ほら。女なんだから結婚するって道もあるだろう。なんだったら……俺が、その」

シリルがなにかぼそぼそ呟いている。

だが、メアリーにそれを気にする余裕はない。

(け……っ!?　……な、な、なっ！)

――なんなの、こいつ！

その出来事をきっかけに、メアリーはシリルへの苦手意識を、いや嫌悪感を強めたのだ。

弱いところを見られた、唯一の相手。

それから、屈辱的なかたちでからかわれたこと。

それはメアリーの記憶の中でも最も苦々しいものとなり、いつの間にか家のことは関係なく、彼を大嫌いな存在だと思うようになったのだ。

◇◇◇

(あのことがあるから余計に……あの人との結婚なんて、嫌!)

内心でそう思いつつ、メアリーはぎゅっと手を握りしめた。

(私はやすやすとは組み伏せられたりしないわ)

そんな決意も固める。

貴族の妻は夫に従わなければならない。それは一般常識だ。

メアリーだって結婚相手がシリルではなくエディなら、彼をそれとなく立てようと思っていた。

しかし、相手はシリルに代わってしまった。従う気もなければ、彼に組み伏せられる気もない。

そんなことになれば、一生の屈辱に値する。

(どうせだし、逆にあの人を手のひらの上で転がせばいいのよ。コナハン家を乗っ取ってやるんだから)

そうだ。この結婚はメアリーがシリルを見返す最大のチャンスでもある。

そう考えた瞬間、メアリーの口元がゆるんだ。

「挙式の日程が決まったら、準備をしなくちゃね」

王が直々《じきじき》に結婚を命じたということは、日程も通常より早くなるはずだ。

西部一の教会で、豪華なウェディングドレスを身にまとう。さぞかし華やかなことだろう。

問題はやはり——隣に並ぶ相手だ。

メアリーは「はぁ」とため息をついた。


それからの日々はメアリーの予想通りというべきか、とんとん拍子に事が進んだ。

コナハン家も、国王直々《じきじき》の命令に逆らうことは得策ではないと判断したのだろう。フォレスター家との結婚話を早々に受け入れた。

そして、メアリーが結婚の話を聞いてから約三カ月。

ウィテカー王国の西部にある中でも最も高貴な教会にて、メアリーとシリルは永遠の愛を誓《ちか》うことになったのだ。

「……はぁ」

本日幾度《いくど》目になるかわからないため息をつき、メアリーは花嫁の控室から窓の外を見つめた。

空は晴れ渡り、花々が咲き誇《ほこ》っている。

季節は春。温かな日差しが差しこむ部屋の空気は快適そのもの。

しかし、メアリーの心の中は絶対零度だ。

メアリーのそばでは母であるフォレスター伯爵夫人が、目元をハンカチで拭っている。

先ほどから、涙が溢れて止まらないのだ。

それは娘の結婚が嬉しくて流す涙ではない。悔しいからこそ流す涙だ。

メアリーの母アンネ・フォレスターは、フォレスター家の分家である男爵家の娘だった。

幼少期からメアリーの父を心底慕《した》っていたアンネは無事妻の座を射止め、メアリーとフローレンスというふたりの娘をもうけた。

フォレスター家の分家の生まれということもあり、アンネもたいそうコナハン家を嫌っている。

彼女は大切な娘がコナハン家に嫁ぐことを心底悲しんでいるのだ。

「あぁ、メアリー。私の可愛いメアリー。どうしてこんなことに……」

昨日の夜から泣きじゃくる母に苦笑しながら「大丈夫ですよ、お母様」と声をかけることしかメアリーにはできない。

実際は少しも大丈夫ではない。

心の中は絶対零度だし、頭の中は怒りでふつふつと沸騰《ふっとう》している。

だが人間とは、自分よりも慌てたり悲しんだりしている人を見ると、自然と冷静になる生き物らしい。まったく不思議な仕組みである。

(お父様は昨日からお酒ばかりだし、挙式というよりもはや葬式ね)

メアリーはまたこっそりため息をつく。

おおかたコナハン家も同じような状況だろうが、それを知る術はない。挙式のあとは披露宴が開かれる予定だが、それも早々に解散になるだろう。

なんといっても、両家の仲は最悪を通り越しているのだから。

「メアリー。本当に、本当によろしいの？」

母が震える声で問いかける。

メアリーは目を伏せて、本日何度目だかわからない言葉を返した。

「問題ありません。私とて貴族の娘ですから。それにフローレンスをコナハン家にはやれませんわ」

すると母はまた泣き出して、うわごとのように「なんと優しいのでしょうか……！」と繰り返している。

……この状態で、挙式は平穏に行われるのだろうか？

一抹の不安がメアリーの胸をよぎった。

「あなたにはあなたの人生があったというのに……」

その言葉に、メアリーの胸が痛む。

(そう。本来ならエディ様と結婚して、私はフォレスター家を継《つ》ぐはずだった)

そのために、向いていない騎士の訓練にも耐えたし、次期当主として勉学にも必死に励んできた。

エディだって、そんなメアリーを支えようとしてくれていた。

全部台無しになったのは——素直に悔しい。

(でもダメよ。フローレンスのためだもの)

そう思い直し、メアリーは自身の頬《ほお》を軽くたたく。

フローレンスはメアリーにとってたったひとりの最愛の妹。

小さなころから病気がちだった彼女は、メアリーのことをたいそう慕《した》ってくれた。

『ねぇねぇ、お姉様。私、お姉様のお話がもっと聞きたいわ』

ニコニコと笑って、フローレンスはよくそう言ってくれた。

身体が弱く、なかなか寝台を出られない彼女に外の世界の話を聞かせるのは、ずっとメアリーの役割だった。

彼女はメアリーの話がよっぽど面白いのか、はたまたひとり寝台にいるのが寂しかったのか。いつもメアリーの後をついてまわり、いないとわかれば泣きじゃくった。

そんな妹を、メアリーは心底可愛いがっていた。

寂しがり屋で甘えん坊な妹。

当時両親が忙しく屋敷を空けがちにしていたのも、彼女がメアリーになついた要因だろう。

フローレンスにとって、メアリーは一番自分のことを理解してくれる、一番身近な存在だったのだ。もちろん、その逆もしかり。

(だけど、あのときは困ったわね)

◇◇◇

メアリーが西部の騎士団に所属したばかりのころ。

メアリーと一緒にいる時間が減ったからか、フローレンスはさらに寝こむようになった。

かといって、騎士の仕事に穴を空けるわけにはいかない。妹を心配する気持ちを押しとどめ、その日も当直に励もうとしたのだけれど……

「メアリーお嬢様！」

夜の七時。夕食を終え、騎士団の宿舎で当直の準備をしていたメアリーのもとに、フォレスター家の使用人が駆けてきたのだ。驚いたメアリーが話を聞くと、フローレンスが薬を飲まないと駄々《だだ》をこねているということだった。

「それで、その……メアリーお嬢様がお見舞いに来てくださったら飲む、とおっしゃって」

彼は申し訳なさそうに眉を下げた。

けれどメアリーはもう騎士団の人間だ。騎士となったからには、その役目以上に優先するべきことはない。

わかっている。わかっているのだけれど……

(フローレンスが心配だわ)

心が揺れた。

自分が騎士となったせいで、彼女は孤独になってしまった。だから、こんなことをしてでもメアリーとの時間を作りたがっているのだ。それを理解して、メアリーの心は痛んだ。

結局その日、先輩の女騎士に相談すると、彼女は快く当直を変わってくれた。

そしてメアリーは馬車に乗って妹のもとに駆けたのだ。

フローレンスの寝室に入ると、彼女は寝台の上で毛布にくるまっていた。サイドテーブルには水差しと薬が置いてあり、彼女が本当に薬を飲んでいなかったのだと悟る。

「こら、フローレンス。わがままを言ってはダメじゃない」

いろいろと投げかけたい言葉を呑みこんで、メアリーはおどけた様子でそう言った。

すると彼女は、嬉しそうにメアリーに抱きついた。

「お姉様。……私、お姉様がいないと寂しいわ」

フローレンスは嬉しそうにメアリーに頬《ほお》を寄せる。

……メアリーだって、フローレンスとの時間は大切にしたい。

だが、ずっとふたりきりではいられない。メアリーには騎士としての役目があるし、フローレンスもずっとメアリーにつきっきりで世話をされるばかりではいけない。

たとえ姉妹でも、いずれ各々の人生を生きなければならないのだ。

(なんて、そんなことを今思っても仕方がないわ。この子はまだ子どもなんだもの。今のうちに精一杯甘えさせてあげなくちゃ)

メアリーは結局、どこまでも妹に甘かった。

「ふふっ、お姉様。私とずーっと一緒にいてねぇ……」

ぎゅっとしがみついてそう言ったフローレンスの声は、今でもメアリーの耳に残っている。

◇◇◇

そんな過去のことを振り払い、メアリーはもう一度母に向き直った。

「……こんなことを言ってはなんですが、お母様」

「どうしました？」

今日の挙式に、フローレンスは参加していない。

メアリーの結婚の話を聞いて、案の定寝こんでしまったのだ。

本当なら、彼女とも直接話をしたかったけれど。

「フローレンスのこと、どうかお願いしますね」

妹ももう十六歳。そろそろ結婚適齢期に突入する。

メアリーが嫁入りする以上、彼女がフォレスター家の跡取りとなるしかないのだ。婿《むこ》は慎重に選ばなければならない。……まぁ、きっとエディになるのだろうけれど。

「……わかっています」

母は凛《りん》とした声で返事をくれた。

メアリーはほっと息をつく。

(私は最悪なかたちになっちゃったけれど、あの子には幸せな結婚をしてほしいもの)

寂しがり屋で甘えん坊で、ちょっぴりわがまま。でも、大切な妹。

彼女には幸せになってもらわないといけない。

メアリーがシリルとの結婚を決めたのは、彼女のためでもあるのだから。

心の中でそう呟き、メアリーは母の背中を撫でた。

純白のウェディングドレスを身にまとい、泣きじゃくる母の背中を撫でるメアリー。

この姿は、周囲の目にどう映るのだろう。さしずめ悲劇の花嫁といったところか。

そんな自虐的なことを考えながら、挙式までの時間を母と過ごすつもりだった。

「メアリー様」

しかし、扉の外から誰かがメアリーを呼んだ。

この声は、教会のシスターだ。一体なんの用だろうか。

「はい」

扉に向かって返事をする。

「シリル様がいらっしゃっています。挙式の前にメアリー様とご対面になりたいとのことでございます」

「……はぃ？」

シスターの言葉を聞いて、メアリーはすっとんきょうな声を上げた。

（……どうしてシリル様が？）

あちらもメアリーのことを好いてはいないはずである。

だからわざわざ訪ねてくることはないと高を括《くく》っていたというのに。意味がわからない。

「どうされますか？」

本当のところ、会いたくなどない。

だが、ここで会わないという選択肢はなかった。

会わなければ逃げたと受け取られるに違いないからだ。少なくとも、メアリーの知るシリルはそういう思考回路を持つ人物だ。

「……どうぞお通しください」

目をつむって、一度大きく呼吸をする。怒りから震える声を押さえてメアリーは静かに返事をした。

「かしこまりました」

返事を聞いたシスターは、控室の扉をゆっくり開いた。

そして顔を見せたのは――記憶にあるのとまったく同じ雰囲気を醸《かも》し出す、ひとりの男性。

「久しぶりだな、メアリー」

忌々《いまいま》しいその男――シリルはそう言って目を細めた。

シリル・コナハン。

メアリーにとってもっとも忌《い》み嫌うべき存在。

肩よりも少し長い漆黒の髪と、鋭い茶色の目。背丈は高く、次期騎士団長に選ばれるだけあって体格はがっしりしている。

現在は挙式のため正装に身を包んでおり、どことなく気品さえ感じる。

いや、間違いなく彼は極上の男だった。彼のことを忌《い》み嫌うメアリーですら、そのことは認めざるをえないほど、彼は美しく、魅力的だ。

……が、その目に宿った感情にメアリーが気づかないわけがない。

「お久しぶりでございます、シリル様。お顔を見られて大変嬉しく思いますわ」

湧き上がるさまざまな感情をぐっとこらえ、メアリーはドレスの裾《すそ》をつまんで一礼した。

淑女たるもの、感情を表に出してはいけない。

幼少期からそう教えられてきたメアリーは、ふつふつと煮えたぎる怒りを必死におさえこむ。

「心にもないことを言うな。本当は俺と会いたくなかったくせに」

なのにシリルはメアリーの我慢を尻目に、けらけらと笑いながらそんな言葉を投げつけてきた。

メアリーの眉間にしわが寄る。

それを見てまた笑いだすのだから、彼はいけ好かないのだ。

(最悪だわ。こんな人と永遠の愛を誓《ちか》うなんて、絶対に嫌なのに……)

心の中でそう呟きつつも、メアリーはにっこり笑うふりをした。

隣では母がシリルを強くにらみつけている。だが、シリルはそんな彼女をいないものとして扱うように、メアリーに向かって歩を進めてきた。

そして、メアリーの耳元に唇を寄せる。メアリーの耳につけられた耳飾りが揺れた。

「ふたりだけで話がある。邪魔者にはご退席願いたい」

シリルはなんでもない風にそう告げるが、対するメアリーの頭の中は一瞬真っ赤に染まったような気がした。

それでも、今はシリルに従うべきだとわかる。ここに母を同席させていれば、どんなトラブルに発展するかわからない。

「……お母様。少し席を外していただけますか？」

安心させるように、メアリーは母に笑いかける。

けれど母は「……でも」と眉を下げるだけだ。

メアリーだって、好きで母を追い出すわけではない。シリルの狙いがわからない以上、母をそばに置いたままでは危険だと考えたのだ。

「大丈夫ですお母様。シリル様とて、妻となる相手に乱暴なことはしないでしょうから」

ためらう母に、メアリーはそう続けた。

母はようやく立ち上がり、そのままゆっくり控室を出ていこうとする。最後にメアリーのほうを振り返ると、「すぐ外にいますから」と告げた。

「……お母様」

メアリーを案じ続ける母の様子に感謝と、それから申し訳なさがこみあげてくる。そんなメアリーの耳に聞こえてきたのは、相変わらず不快な笑い声。

視線だけをシリルに向けると、彼はさもおかしいとばかりにメアリーを見て笑っていた。

「なにがおかしいのですか」

シリルをにらみつけ、メアリーはそう彼に問う。

彼は一歩前に踏み出し、メアリーに迫った。

「いや、愛されているなぁと思ってな」

シリルが近づいた分、メアリーは一歩あとずさる。

「フォレスター家のお前がコナハンの家に嫁ぐのは、いわば生贄《いけにえ》のようなものだ」

「……そうですね」

「その役目、本当はお前の妹――フローレンスのものだったのにな」

シリルのその言葉に、メアリーの頭の中がさらに真っ赤に染まっていく。

シリルにだけは。彼にだけは、フローレンスのことに触れてほしくなかった。

フローレンスは、メアリーにとってなによりも大切な存在。忌々《いまいま》しい人の口から、彼女の名前を出してほしくない。

「シリル様。あなたがフローレンスのことをどう思っていらっしゃるかは知りません。だけど、あの子のことを軽々しく口にしないで――」

力強くにらみつけ、シリルに抗議しようとしたときだった。

不意にシリルの手が伸びて――メアリーの肩を後ろの壁に押しつける。その力は強く、メアリーの顔が驚きと痛みにゆがんだ。

「別に構わないさ、妹のほうに興味はないからな。結婚しろと言われたら従うしかなかったが……相手がお前でよかった。お前もそうだろう？」

自身の唇を舐《な》めながら、シリルは言う。

その仕草がやたらと艶《なま》めかしく、メアリーの視線を釘づけにした。

が、負けてはいられない。負けるわけにはいかない。

そんな意思をこめて、メアリーはまたシリルをにらみつける。

「なんのつもりです？」

ゆっくりと絞り出した言葉に、シリルは反応しない。

ただメアリーの身体を頭の先からつま先まで舐《な》めまわすように見るだけだ。

その視線がとても恐ろしく感じて、メアリーは息を呑む。

「……いや、別に」

ひと通り見まわして満足したのか、彼はようやくメアリーと視線を合わせた。

彼の茶色の瞳に宿る感情が一体なんなのか、メアリーにはわからない。

だが、メアリーの赤い瞳に宿る感情は『嫌悪』だ。それだけはわかる。

そして自分の身体を壁に押しつけるシリルに「放して」と告げようとした瞬間――彼の手が、メアリーに顔にかかったヴェールを払いのけた。

(んんっ⁉)

メアリーの唇になにかが触れる。

口づけられているのだと理解したのは、それから数秒後のこと。

(な、な、なにを……！)

目を思いきり見開くと、シリルの整った顔が視界に入る。

——どうして、自分は彼に口づけられているのか。

メアリーは抗議しようとうっすら唇を開く。しかし、それを狙ったかのようにシリルの舌が口内に侵入してきた。

「んんっ！」

シリルの舌はメアリーの口内を蹂躙《じゅうりん》するかのように動きまわる。

舌を吸われ、歯列をなぞられる。そのまま頬《ほお》の内側を舐《な》められると、足に力が入らなくなる。

(な、なに、なに、これ……！)

口づけられている。それはわかっている。

なのに、これはなんと言い表せばいいのだろう。

身体の奥がゾクゾクとするような。なにかが身体の奥から這《は》い上がってくるような。

そんな不思議な感覚だった。

踏ん張っていたものの、ついに身体から力が抜けてしまった。メアリーはその場に崩れ落ちそうになるが、シリルがそれを寸前で受け止めた。

「なにするのよ！」

メアリーは彼を強くにらみつける。受け止めてくれたことは感謝するが、その原因を作ったのはほかでもないシリルなのだ。

きっとメアリーの目はうるんでいて、にらんでも大した迫力はないだろう。けれど、そうしないという選択肢はなかった。

「なにって、ただの口づけだよ」

そんなメアリーをよそに、シリルは余裕の表情で告げた。

その目は挑発するようにメアリーを見つめている。気に食わない。

「どうせこの後するんだ。今したところで変わりはないだろう」

「か、変わるわよ……！」

シリルの顔を見上げながら、メアリーは抗議を続ける。

メアリーにとって、はじめての口づけだった。

それをこの忌々《いまいま》しい男に奪われたなど、一生の恥。まぁ、このあと神様の前で口づけをするので、遅かれ早かれ奪うのはシリルなのだが。

「……もしかして、はじめてだったのか？」

シリルは珍しく驚いたように目を見開くと、片手でメアリーの腰を抱き、もう片方の手でメアリーの顎を掴む。

無理やり彼と視線を合わせられ、メアリーの怒りがまたふつふつと煮えたぎっていく。だが、抵抗する術はない。

フォレスター伯爵家の令嬢として、女騎士として、ある程度の武術は身につけてきた。しかし相手は次期騎士団長として選ばれるほどの実力の持ち主で、片や自分は動きづらいウェディングドレス姿。どうあがいても勝ち目はない。

「図星か」

なにも言わないメアリーに、シリルはどこか嬉しそうに笑みを浮かべて言った。

からかわれている――それを自覚して、メアリーの顔に熱が溜まっていく。

その表情を見て、シリルはメアリーに自身の顔をぐっと近づける。

「残念だったな。相手が俺で」

まさに挑発という言葉が似合いそうな、そんな言葉だった。

「放してっ！」

メアリーはシリルの腕の中でもがいた。

だが力の差は歴然で、逃げることは叶わない。

それどころか、もう一度肩を掴まれて壁に押しつけられる。

「な、なにするのよっ！」

「確認だよ。こっちもはじめてなのかと思ってな」

メアリーの精一杯の抵抗も、シリルに通用している気配はない。

そして彼は、自身の膝をメアリーの脚の間に差しこんだ。

……嫌な予感が、する。

「ひゃぁあっ！」

シリルがドレスの上からメアリーの秘所に膝を押しつける。

ドレスの布地は薄く、直接刺激が伝わるようだった。

（いや、いやぁあ……！）

身体が熱く火照《ほて》り、なんともいえない感覚がぞわぞわと這《は》い上がる。

「いやぁ、やめて……！」

もうすぐ挙式を控えているのだ。こんな風に戯《たわむ》れている場合ではない。

シリルをにらみつけるも、彼がメアリーの気持ちを気に留める様子はない。相変わらずメアリーの弱いところを責めてくるだけだ。

「ひ、ぃ、いぁあっ！」

立っているだけで、身体がおかしくなりそうだった。

メアリーの口からは悲鳴が漏れ、思わずシリルの肩にすがった。

必死に刺激から逃れようと、身をよじることしかできない。

「は、放して！　お願い、だからぁ……！」

相手がシリルであるということも忘れ、懇願《こんがん》した。

唇を奪われただけでなく、こんな風に感じさせられるなんて。

「ぁ、んっ……んぅ」

せめて声を出さないようにと、シリルの肩に顔を押しつける。

「そんな可愛いことして、ねだってるのか？　それなら、ほら――」

グリグリと膝を動かされ、メアリーの身体にひときわ大きな快感が走る。

あと少しで――そう思ったときだった。

「シリル様、メアリー様。そろそろお時間でございます」

控室の扉がノックされ、シスターがそう声をかけてくる。

シリルは露骨《ろこつ》に舌打ちをし、メアリーの身体を解放した。メアリーはその場に崩れ落ちる。

身体の内側を焦がすような熱が、行き場をなくしてくすぶる。

その感覚が恐ろしくて、怖くて。メアリーはつい涙をこぼした。

「先に行くから、しっかり涙を拭いてから来い……そんな顔、他の連中に見せるなよ」

なのに、シリルときたらこの態度だ。

いつものように傲慢《ごうまん》に、さっさと歩いていってしまう。

メアリーは慌てて乱れたドレスとヴェールを直し、涙を拭いてシリルの後に続く。

身体の中でくすぶる快楽には、気がつかないふりをして。

◇◇◇

「はぁ……」

披露宴を終え、湯あみと着替えを済ませたメアリーは夫婦の寝室にいた。

そして巨大な寝台に横になる。

ここはコナハン家の領地にある別邸だ。

新婚夫婦のために建てた新居なのだという。

だが、メアリーはその裏にある意図に気がついていた。

(私の顔も見たくないということね)

コナハン家の当主夫妻は、メアリーと顔を合わせたくないのだ。

実際、挙式の際も彼らはメアリーに見向きもしなかった。まぁ、フォレスター家側も同じような状態だったので、特別嫌な感情を抱くことはない。

(あの状況でトラブルが起きなかったのは幸いね)

挙式でも、披露宴でも、自分がコナハン家に歓迎されていないのは明確だった。親族へのあいさつすら最低限で済ませた。それでも、メアリーは納得していた。シリルと腕を組んであいさつにまわるのは、メアリーからすればとても屈辱的なことだったのだ。

その時間が少しでも減るのなら、願ったり叶ったりである。

披露宴を終えたあと、侍女たちに身体を洗われて、真新しいナイトドレスを身にまとわされた。

今日は初夜。

それはわかっている。

わかっているのだけれど……本当に、本当に抱かれてしまうのだろうか。

あの、シリルに。

(……あんなこと)

挙式の前に行われた戯《たわむ》れのせいで、身体の火照《ほて》りがまだ続いている。

「ダメよ。ダメ。こんなことじゃ……」

メアリーは首を横に振った。

シリルだって、メアリーのことを抱くなんて嫌に決まっている。
あの挙式前の戯《たわむ》れも、嫌がらせでなくてなんだというのだ。
(どうせ白い結婚になるだろうし、深く考えてはダメね)
寝台の上に寝転がり、大きく伸びをする。
正直なところ、身体のくすぶりさえなければ今すぐにでも眠れそうなほど疲れている。
なのに、眠れない。
身体が昂って、どうすればいいかわからない。
とりあえず、なにか考えていよう。なにか、気分が明るくなるようなことを。
だというのに。
「……なんだか、嫌なことばかり思い出すわ」
ふと思い出したのは、まだメアリーが十歳にも満たないころのことだった。
あれはまだ暑い夏の終わりのころ。
メアリーは、誘拐されたのだ。

◇◇◇

当時のメアリーは、身体を動かすことが得意で、子どもながらにいつも自信に満ち溢れていた。

言ってしまえば、おてんばでわがままだった。

貴族の令嬢だというのに出かけるときも護衛は最低限、それどころか大人の目をかいくぐって、ひとりでどこかへ行ってしまうことすらあるほどだった。

それが仇となった。

メアリーがひとりになったときを狙って、何者かが彼女をかどわかしたのだ。

誘拐を企てたのは、没落した元子爵家の人間だった。彼はメアリーの父に不正を暴かれたせいで失脚したのだと、その娘を使って自身の恨みを晴らそうとした。

怖くて、怖くて、それでも、メアリーは負けなかった。

相手の隙をついて逃げ出した。走って、大きな声で助けを求めた。

けれど、結局は大人と子ども。あっさり捕まりそうになった、そのとき。

ひとりの少年が、助けてくれた。

メアリーの声を聞きつけたのか、はたまた、もっと前から追いかけていてくれたのか。

彼は誘拐犯に立ち向かい、自分が傷つくのもいとわず勇敢に戦って……

そのあとのことを、メアリーは覚えていない。こうして今メアリーが五体満足でいるということは、無事に助け出されたことだけは確かだけれど。

あのときのことは、恐怖で記憶が曖昧《あいまい》だった。

自分を攫《さら》った男の顔も、助けてくれた少年の顔も、もやがかかったようにぼんやりとしている。

けれどその少年に抱いた憧れだけは、決して忘れることがなかった。

◇◇◇

あれが、メアリーの中に生まれたはじめての恋心……だったのかもしれない。

いまだに彼の顔も思い出せないし、名前も知らないままだけれど。

(あの人はどうしているのかしら)

おぼろげな記憶をたどると、身なりはきれいだったような気がする。どこかの貴族令息だったのかもしれない。

父と母は少年の正体を知っていたようだが、なぜかメアリーには教えてくれなかった。お礼がしたいと言っても、「その必要はない」と気まずそうに顔を背けるばかりだったのだ。

「シリル様も、あの人みたいに優しかったら」

もしかしたら、ここまで絶望的な結婚にはならなかったのかもしれない。

けれどそんなことを考えたところで、仕方のない話だ。

「……お水でも飲もう」

ひとまず、心と身体を落ち着けよう。

侍女に水を持ってこさせようと、メアリーはベルに手を伸ばした。

けれどベルを鳴らす前に、ノックもなく寝室の扉が開く。

顔を見せたのは、シリルだ。

式のときにまとっていた正装からゆったりとした寝間着に着替えており、漆黒の髪を無造作におろしている。

先ほどまでとは違ってどこか色気を醸《かも》し出すその風貌は、嫌味なほどに美しい男だと思った。

彼はメアリーを見て口元をゆるめた。

「よぉ」

軽い調子で声をかけてくる。

その手には水の入ったコップ。酔い覚ましだろうか。

「……シリル様」

披露宴でずいぶん酒を飲んでいたはずだが、泥酔している様子はない。かなり酒に強いのだろう。

メアリーが顔をしかめると、彼は口端に笑みを浮かべてコップを口に運んだ。

今まさに水を飲もうと思っていたメアリーには、嫌がらせにしか見えない。

じろりとにらみつけると、彼はなにを思ったのかメアリーの隣――つまり、寝台に腰かけてきた。

「どいてくださいませ。私、侍女を呼びますので」

「……なんのためにだ？」

「喉が渇いたので、お水をいただこうと」

プイッと顔を背けてそう答える。

すると、彼の手がメアリーの顎を掴んだ。

驚きに大きく目を見開くと、彼はメアリーの顔を自身のほうに向けさせる。

その目は、いい悪戯《いたずら》を思いついたとばかりに楽しげにゆがんでいた。

「飲ませてやる」

彼はそう言うと自身の口に水を含み――そのまま、メアリーに口づけてきた。

驚く間もなく、口の中に水が注がれる。

(口移し……!?)

必死に抵抗しようとするものの、メアリーは喉を鳴らして水を飲みこんでしまう。

「んんっ、んぅ……」

注がれる水を必死に飲み下していくにつれて、なぜか身体中が徐々に熱くなりはじめた。

水を飲んでいるはずなのに、渇きが増していくようだった。

「な、なにするのよ！」

ようやく解放されたメアリーは、自身の唇をナイトドレスの袖《そで》で拭いながら抗議する。

だが、いくら抗議をしても意味などないことはわかっていた。

シリルはけらけらと楽しそうに笑うだけで、メアリーの怒りは増すばかりだ。

「喉。渇いてたんだろう？」

相変わらず、彼の余裕が崩れることはない。

……相手をするだけ無駄だわ。

早々にそう結論づけ、メアリーは「私、もう寝ます」と言って寝台の端に移動しようとした。

が、シリルは空になったコップをサイドテーブルの上に置いたかと思うと、メアリーの手首を力強く掴んでくる。

今度はなんなのだろうか。

「寝られるわけがないことくらい……わかってるよな？」

目を丸くするメアリーに対し、彼は熱のこもった瞳を向けていた。

背筋に冷たいものが走る。

……まさか、まさか。

メアリーは身を震わせた。

抵抗する間もなく寝台に押し倒され、シリルがメアリーの上に覆いかぶさってくる。

(白い結婚になるって、思ってたのに……！)

なのに、ふたを開けてみれば現実はこうだ。

「一体、なんのつもりですか」

メアリーはそう言って、シリルをにらみつける。

彼は羽織っていた上着を脱ぎ捨てた。

「結婚初夜だぞ。やることなんてひとつだ」

その答えを聞きながら、メアリーはもがく。だが、鍛え上げられたシリルの身体に組み伏せられて、抜け出すことは叶わない。

「それに……お前だって、やる気なんだろう？」

その瞬間、メアリーの顔にカッと熱が集まった。

けれど必死で首を横に振る。そんなつもりなど一切ないのだ主張するように。

シリルはそんなメアリーのことを見下ろしながら、にやりと笑った。

「挙式の前、あれほど物欲しそうな顔をしておいて」

メアリーを煽《あお》るようにシリルがそう続ける。

挙式の前のことは、メアリーにとってすでに忘れがたく、忌々《いまいま》しい記憶となっていた。

大嫌いな男に感じさせられたなど、絶対に認めてはならないことだ。

メアリーはシリルに動きを封じられながらも、真っ赤な瞳で彼をにらみ続ける。

「はじめるぞ」

だがシリルはそんなメアリーの視線を気にも留めず、ナイトドレスのボタンをゆっくりと外しはじめた。

(私、このまま抱かれるの……？)

シリルの手がナイトドレスのボタンをひとつ、またひとつと外していく。

そのたびに、メアリーの心臓の音がドクンと高鳴る。

こんなことになるなんて思ってもみなかった。

そもそも、シリルだってメアリーのことを嫌っているはずなのだ。こんな忌々《いまいま》しい女など、抱きたいはずがないだろうに。

「やめて……！　あなただって、本気でこんなことしたいわけじゃ、ないでしょう……？」

この男に抱かれるのだと考えたら、恐怖が頭と心を支配した。

なのに、それと同時に身体の疼《うず》きが強くなる。

挙式の前、強引に快感を引き出されたあの行為。あの続きをされてしまったら――恐ろしいような、けれどどこか期待するような気持ちが芽生えて、消えてくれない。

「なにを言っているんだ。このままなにもせずに寝たら、使用人が不審がるだろう」

シリルの言葉は正しい。

だが、メアリーはまだ覚悟が決まっていない。泣き出しそうになるのをこらえて、ゆるゆると首を横に振る。

それを、彼はどう受け取ったのだろうか。強情な女と気を悪くしたのか、はたまたメアリーの弱点を見つけたと心の中でほくそ笑んでいるのか。

その心中はわからないが、メアリーの目の前にいる彼は嬉しそうに口元をゆがめていた。

「縛られたくなかったら、大人しくしていろ」

「し、しばっ……!?」

「いい子にしていたら……気持ちよくしてやるから」

耳元でささやかれ、メアリーの抵抗が一瞬ゆるむ。

その隙を狙ったかのように、シリルはメアリーのナイトドレスの前をはだけさせた。

彼のその目が、視線が、怖い。

メアリーの顔がさらに熱くなる。恥ずかしさに顔を背けていると、彼は「相変わらず、大きいな」とこぼした。

「嫌なら、見ないでよっ……！」

絞りだすように言いながら、メアリーはキッと強くシリルをにらんだ。

もう、やめてくれればいいのに――そんな期待をこめたものの、彼は「嫌なわけがない」と言うが早いか、メアリーの豊満なふくらみに触れた。

「ひぃっ！」

シリルの大きな手でやわやわと胸を揉まれると、背筋にぞくぞくしたなにかが走る。

疼《うず》いていた官能がまた主張をはじめ、身体の奥からなにかが溢れ出しそうだ。

「ぁ、あっ！」

こんな感覚は知らない。恐ろしい。

メアリーは必死に耐えようとするが、柔らかく胸を弄《いじ》るシリルの手つきがあまりにもいやらしくて、結局声を上げてしまう。

「昼間のあの程度じゃ、満足できなかっただろう？　……もどかしかったよな」

シリルの低い声が誘うようにささやく。メアリーはぐっと息を呑んだ。

実際、あの行為をされてから、式の最中すらも、余計なことしか考えられなかった。シリルに与えられた中途半端な快感がずっと、身体の中にくすぶりつづけていたから。

けれどその張本人であるシリルにこうして言葉にされるのは屈辱的だった。

「あれくらいで、感じるわけない……っ！」

メアリーは気丈にも強がりを続けた。しかし、それは間違った選択だったらしい。

シリルが「へぇ」と声のトーンを落とし、口端をゆがめた。

「あれくらいじゃ感じないか。……当然だよな。忌《い》み嫌ってきた男に簡単に感じさせられるほど、安い女じゃないよな、お前は」

そう言ったシリルの瞳が強い欲をはらんでいるような気がして、メアリーはまた息を呑んだ。

「じゃあ、俺の手でもしっかり感じるくらい、激しくしてやらなきゃな」

そう呟くやいなや、シリルはメアリーの胸を覆っていた手を滑らせ、胸の頂に触れた。

その瞬間、メアリーの身体に強い快感が走った。

(な、なに、これ……!)

思わず身体が震える。こんなに感じるなんて、おかしい。でも、気持ちいい。

強すぎる感覚に耐えながら、メアリーはシリルをにらみつける。

だが彼は楽しそうに「もっと欲しいだろ?」と言って、指の先でそこを入念に攻め立ててきた。

「ひっ、や、やめ、やめて……!」

必死に抗議の声を上げるものの、シリルは気にも留めない。

彼はこの行為を楽しむように、メアリーの胸の頂を弄《いじ》りまわしている。

大嫌いな男に組み敷かれ、身体を好き勝手に暴かれる。

それはメアリーにとって屈辱でしかなかった。

挙式前にされたよりもずっと激しく、恐ろしくて、メアリーは喉を鳴らしながらもシリルをにらむのをやめない。

「ははっ、怖い怖い」

しかし、シリルはメアリーを煽《あお》るような言葉ばかりを口にする。

どうあがいても彼にはかなわないと思い知らされるようで、メアリーは表情をゆがめた。

シリルは変わらず、そんなメアリーのことを気にする素振りも見せない。

メアリーの胸の頂を弄《いじ》り、胸のふくらみに手を這《は》わせるだけだ。

シリルに、乱されている。

メアリーはそれが許せなかった。

脚をばたつかせて抵抗しようとするも、彼はものともしない。

（こ、この男……！）

内心で悪態をつきながらも、メアリーは嬌声《きょうせい》だけは上げてなるものかと唇を結んだ。

下唇をかみしめ、ぐっと声をこらえる。

けれど、それを決壊させるかのようにシリルはメアリーの胸の頂をきゅっとつまんだ。

それから指の腹でぐりぐりと刺激され、爪を立てられれば、メアリーの我慢などあっさり壊れた。

「ひ、ああっ！」

身体中が、熱い。

身体の中でくすぶっていた官能がむくむくとふくれ上がり、身体の奥からなにかが溢れだしてくる。

それが怖くて、恐ろしくて、自分が自分ではなくなってしまうようで、思わずシリルから顔を逸らした。

「よそ見をするな」

だが、それがシリルの気に障ったらしい。

彼はもう片方の手でメアリーの顎を掴み、なかば無理やり自身と視線を合わせさせる。

その茶色の目は、完全に欲情していた。欲をはらんだ目がメアリーを射貫《いぬ》く。

「ぁ」

もう、拒絶の言葉も出なかった。

言葉にならない小さな声を漏らすと、彼はなにを思ったのかメアリーの唇に口づけを落とした。

うっすらと開いた唇に舌を差しこみ、メアリーの口内を舐《な》め上げる。

「んんっ！　んんぅ」

舌を吸われ、絡めとられ、すべて奪われるような激しい口づけだった。

くちゅくちゅという水音が耳を犯す。顔が熱くなっていく。きっともう真っ赤になっているだろう。

シリルは容赦《ようしゃ》なくメアリーの口内を蹂躙《じゅうりん》し続ける。

注がれる唾液でおぼれそうになり、メアリーは喉を鳴らしてシリルの唾液を飲みこんだ。不快で仕方がなかったが、死ぬよりはマシだと自分自身に言い聞かせる。

それからしばらくして、シリルはようやく満足したのかメアリーの唇を解放した。

メアリーは必死に肩を揺らして呼吸を整える。

潤んだ目で、ぼんやりとシリルを見つめる。

彼が自身の唇を舌で舐《な》める姿に、なぜか身体がまた熱を帯びた。

（……こんな、の）

こんなの、嫌だ。

そう思うのに、身体は熱くて熱くて仕方がない。

こんなことになるなんて。

メアリーは自身を見下ろすシリルと視線を合わせた。

「……どうした」

彼はメアリーのことを見下ろしながら問いかける。

「……本当に、抱くのね」

メアリーは、自分に言い聞かせるように静かに言葉を発した。

「当たり前だ」

シリルは淡々と答える。

「安くないわよ」

目を逸らすことなく、メアリーは凛《りん》とした声で告げた。

「私の身体。あなたなんかに抱かれて喜ぶほど、安くはないわ」

本当は、身体の奥が熱くて熱くてたまらない。一刻も早くこの熱を鎮《しず》めてほしいと思っている。

けれど、そんなことを口に出すのはメアリーの矜持《きょうじ》が許されない。

「そうか」

シリルは、それしか言わなかった。

メアリーのことを見下ろす目が細くなる。口元はゆっくりとゆがみ、やたらと色気を醸《かも》し出していた。

メアリーの心臓が大きく高鳴る。

「けど、俺たちは夫婦になったんだ。……あきらめるんだな」

シリルの言う通りだ。

どれだけ抵抗しようと、拒絶しようと、この結婚を覆すことはできない。

それでも宿敵とも呼べるこの男に抱かれるのを、この男に与えられる快楽を、受け入れているのだとは思われたくなかった。

「……そうね」

メアリーは一度だけ息を吐いて「早くしなさい」とあきらめたような声で告げた。

「さっさとこの忌々《いまいま》しい行為を終わらせるわよ」

目を閉じて、メアリーはシリルにそんな言葉を投げつける。

どうせ義務でしかない行為だ。かなり痛いだろうが、余計なことはせず、さっさと挿《い》れて終わりにしてほしい。

そんな意味をこめての言葉だったが、彼はぼそりと「忌々《いまいま》しい、か」とこぼした。

そしてシリルはメアリーに顔を近づけ——今度は、触れるだけの口づけを落とす。

「俺は、忌々《いまいま》しいなんて思っていない」

その言葉の意味を、メアリーはすぐには理解できなかった。

「……どういうつもり？」

少なくとも、メアリーはこの行為を望んではいない。

シリルの言葉に混乱したものの、不意にある考えに思い当たり、露骨《ろこつ》に顔をゆがめた。

「……そう。私のことを組み敷いて、優越感にでも浸《ひた》っているってわけね」

吐き捨てるように言うと、彼は図星を突かれたのか、眉間にしわを寄せて黙りこんだ。

……どうやら、それが全てらしい。

メアリーはシリルからプイッと顔を背ける。

「そう思いたいならそれでいい。……俺に任せろ、気持ちよくしてやる」

なんとまぁ、上から目線な言葉だろうか。

そんなことを思いながらメアリーが軽く唇を噛んでいると、シリルの手がメアリーの下着に触れた。

左右をひもでくくっただけの下着は、ひもをほどけばあっけなくその意味をなくしてしまうなんとも心許《こころもと》ない代物だった。

侍女が変な気を利かせて用意したのだ。こんなものは、メアリーの趣味ではない。

「へぇ、こんなものをつけているのか」

興味深そうにシリルがメアリーの下着のひもを指で弄《いじ》る。

メアリーは気まずそうに顔を逸らし、「いつもじゃないわよ！」と返した。

その反応にシリルは、「くくっ」と喉を鳴らすと、するりと下着のひもをほどいてしまった。

「それじゃあ、これからはずっとこういうのな」

「……は？」

彼は今、なんと言っただろうか？

下着のひもをほどかれたことよりも、彼の言葉に混乱しているメアリーに気がついたのだろうか。

彼はもう片方のひももほどきながら、「これから毎晩、こういう下着をつけろ」と傲慢《ごうまん》にも言ってのけた。

「どうして、あなたにそんなことを命令されなくちゃいけないのよ」

眉根を寄せながらシリルに言い返す。

彼は「脱がせやすいからに決まってるだろ」と当然のように返してきた。

それはまさか、つまり。

「今夜だけじゃ、ないってこと……？」

メアリーはシリルに震える声で問いかけた。

頬《ほお》が引きるのが、自分でもわかる。

その問いかけを聞いたシリルは、なにを言っているんだとばかりに呆れたような視線をメアリーに注ぐ。

「言っただろう？　俺たちは夫婦になったんだ、ってな」

皮肉っぽく言われ、メアリーの頭に血が上っていく。

（ありえない……！）

今夜を乗り切れば、それで終わると思っていたのに。

明日からもこの男に抱かれ続けなくてはならないのか。

シリルの下で乱れる自分の姿を想像するだけで、怒りと羞恥《しゅうち》で全身が熱くなる。

メアリーが唇を噛んでいるうちに、気づけば彼は下着を取り払っていた。

冷たい空気にさらされた秘所を、シリルの手が撫でる。

いやらしく、下心のこもったような手つきで。

「嫌々言いながらも、感じていたんだな」

からかうように言われて、目を覆いたくなった。

確かに、そこはほんのりとだが濡れている。

それはメアリーだって自覚している。だが、そんなものはただの生理現象だ。

「……仕方ないでしょう」

視線を逸らしながら、可愛げもなくそう答える。

先ほどからいやらしく秘所を撫でていた彼の手が、メアリーの蜜口に添えられた。そのまま指を浅く押しこんでくる。

「ひぅっ！」

指の質量だけ溢れた蜜が、シリルの指を濡らす。

まだなにも受け入れたことのなかったその場所が、浅くとはいえ大嫌いな男の指を咥《くわ》えこまされている。

そのことを自覚させられて、メアリーの身体は震えた。

「力を抜け」

乱暴に命令され、カチンとくる。

しかし力を抜かなければ辛いということは、メアリーにだってわかっていた。

必死に力を抜こうとするものの、身体がこわばって仕方がない。うまく力が抜けず、むしろ彼の指をより強く締めつけてしまう。

「……おい」

「ぬ、抜けないのっ！　あなたの、せいでしょ……！」

はじめての行為で混乱しているせいで、どうしてもシリルに八つ当たりめいた憎まれ口をたたいてしまう。

メアリーの目には生理的な涙が溢れていた。

「……そうか」

そう言って、シリルはいったん指を引き抜く。

しかしすぐに、蜜口の少し上のところに指先を押しつけた。

「なら、嫌でも力が抜けるようにしてやるよ」

彼はそんな言葉とともに、メアリーの花芯を指で弄《いじ》りはじめた。

「いやぁ、そこ、やだっ！」

蜜で濡れたシリルの指は、ぬるぬるとした刺激をメアリーに与えてくる。

痺《しび》れるような快感がメアリーの身体に走った。

「ああぁっ！　んぁ、んんっ！」

はじめて知る、強すぎる快楽。

その感覚に抗うことはできず、メアリーの身体がのけぞる。

その手は激しくシーツをかき、口からは絶えず嬌声《きょうせい》がこぼれた。

「ははっ、どんどん溢れてくる」

愉快そうなシリルの声すら、メアリーの耳には届いていない。

それくらい、メアリーは快楽におぼれていた。

それでもなんとか声を出すまいと口を押さえようとすると、シリルは「声、もっと聞かせろ」とさらに激しく指を動かしてくる。

「あ、あっ、や、やめっ！」

駄々《だだ》をこねる子どものように首をぶんぶんと横に振り、嫌だ嫌だと伝える。

このままだと、おかしくなる。そんな危機感が渦巻く。

なのに、くすぶり続けた官能はメアリーの中で確かに悦《よろこ》んでいた。

疼《うず》きが大きくなり、いまにも爆発しそうだ。

「やっ！　あ、あっ！」

「……もう、イキそうなのか？」

メアリーはこくんと首を縦に振る。

貴族令嬢としてそれなりに知識はあれど、実際に絶頂を経験したことなど当然ない。

だが、高められた身体がもうその時が近いのだと告げている。経験のないメアリーですら、はっきりとそれがわかった。

……それくらい、メアリーはシリルによって感じさせられていた。

「そうかよ」

シリルはニヤリと笑う。その間も、メアリーの花芯を弄《いじ》る指を止めることはない。

溢れてきた蜜を塗りたくるように彼が指を動かし続けると、メアリーの身体がさらに大きく震えた。

「あぁ、もうだめぇっ！」

敏感な場所を責め立てるシリルが、メアリーの身体に容赦《ようしゃ》ない快楽を与える。

このままだと、このままだと――

そんな危機感を抱くと同時に、この快楽に身をゆだねたいという邪《よこしま》な感情も芽生えてしまう。

メアリーの口からは拒絶の言葉が出なかった。

でも、快楽をねだるようなことは、言えるはずがない。

「ほら、さっさとイケ」

シリルがメアリーの耳元に唇を寄せた。

それが引き金となったかのように、メアリーの身体がびくんと大きく跳ねた。手はシーツをかき、つま先が丸まる。

強すぎる快楽が身体中を駆け巡った。

一気に身体から力が抜ける。頭がぼうっと痺《しび》れたようだ。

（……これ、が）

メアリーは天井を見上げ、肩で大きく息をしながら心の中で呟いた。

「……気持ちよかっただろ？」

しかし耳元でささやきかけられたその声で、一瞬で現実に引き戻された。

まさかシリルの手で絶頂させられるなんて。

悔しさでいっぱいになって、また唇を噛んでしまう。

「そんなはず、あるわけ、ない……」

明らかな嘘だった。

本当はどうにかなりそうなほど、気持ちよかった。

けれどそれを素直に伝えることなどできるはずがない。メアリーは顔を背ける。

「……へぇ」

メアリーの頑なな態度を、彼はどう思ったのだろうか。彼は達したばかりのメアリーの秘所にもう一度触れる。

溢れた蜜で、そこはぐっしょりと濡れていた。

「なら安心しろ、まだまだ続くから」

シリルはそう呟くと、メアリーの蜜口に中指を挿《さ》しこんでくる。

ゆっくりと入りこむ指は、メアリーに確かな異物感を与えた。

けれど、先ほどのような窮屈《きゅうくつ》さはない。

「さっきよりはマシだな」

その言葉通り、一度イかされたせいでメアリーの身体からは余計な力が抜けており、蜜壺は少しずつシリルの指を受け入れていく。

「ひ、っ！」

メアリーは喉を鳴らした。

達したばかりのそこはより敏感になっていて、彼の存在をより鮮明に感じてしまう。

なんとか脚を閉じようともがくが、シリルはそんなメアリーの脚の間に身体を割りこませ、抵抗を封じた。

「暴れるなよ」

「だって……！」

抗議しようとすると、シリルのもう片方の手がメアリーの内ももを掴み、無理やり脚を開かせる。

「や、やだぁっ！」

メアリーの秘所がシリルの眼下にさらされる。恥ずかしいどころの騒ぎではなかった。

「ほら、挿《はい》ったぞ」

脚を閉じることも許されず、されるがままでいたメアリーの耳に届いたのは、シリルのそんな言葉。

だが一息をつく間もなく、シリルの指がメアリーの蜜壺の壁をこすりはじめる。

「あっ！」

動きはじめた指がナカでうごめく。

初めこそぎこちなかったが、奥から溢れる蜜によって次第に滑らかな動きへ変わっていく。

下腹部からくちゅくちゅという水音が聞こえはじめ、メアリーは恥ずかしくて今すぐにでも逃げ出したくなった。

「ぁ、んっ、んんっ⁉」

メアリーの蜜壺をかきまわす指は、気がつけば二本に増えていた。それらはバラバラに動いては蜜壺のナカを蹂躙《じゅうりん》していく。

水音はどんどん大きくなり、シーツにも蜜が垂れる。

「びしょびしょだな……どんどん溢れて、止まらない」

言葉と動きで、シリルはメアリーの羞恥心《しゅうちしん》を煽《あお》った。

なんとか抗議をしてやろうとするが、その願いは叶わない。

メアリーが口を開こうとするたびに、シリルの指がメアリーの快楽を引き出していくのだ。

「……ひぅ、んっ、ひゃあっ！」

脳が痺《しび》れたかのように、なにも考えられなくなっていく。

シリルの指が、メアリーの感じるところをさぐるように蜜壺のナカをうごめく。

そして、とある一点をかすめた瞬間。メアリーの身体に強すぎる快楽が走った。

蜜壺がぎゅっと締まり、シリルの指を強く締めつける。

「……ここか」

もう一度そこをこすられ、メアリーの背がのけぞった。

豊満な胸がその動きに合わせて大きく揺れる。

「ぁ、あっ！　や、そこ、やめ、てぇ……！」

シリルの指は意地悪くそこばかりを攻め立ててくる。

メアリーは喘《あえ》ぐことしかできない。

やめてと伝えようにも、言葉にならなかった。

（おかしく、なるぅ……！）

メアリーがぎゅっと手のひらを握りしめると、シリルはなにを思ったのだろうか。彼はメアリーの手を取り、自身の薄手の寝間着を握らせた。

その行動の意図を考えることもできずに、メアリーはただただシリルの寝間着を握りしめ、快楽を逃そうとする。だが、彼は容赦《ようしゃ》がなかった。

メアリーの蜜壺を弄《いじ》りながら、その上にある花芯も器用に刺激しはじめる。

「それ、だめぇ！　やだぁ……」

「ほら、もう一回、イケるよな」

敏感な花芯と蜜壺の弱い場所を同時に弄《いじ》られて、メアリーになす術などない。

メアリーはまた達してしまった。あっけないほど、簡単に。

(いやぁ、また……！)

忌々《いまいま》しい男の手で、二度も絶頂させられた。

メアリーの目から一粒の涙がこぼれる。

シリルはメアリーを見下ろし、嬉しそうに笑っていた。

「……その顔、最高だな」

その表情にメアリーのことを気遣う様子はない。

メアリーは彼を涙目でにらんだ。

こんな男の思い通りになど、なってたまるか。少しでも抵抗しなくては。

だが、シリルはメアリーの耳元に唇を寄せてささやく。

「気持ちよさそうな顔、してるぞ」

メアリーの顔にぶわぁっと熱が溜まっていく。

どれだけ強がってもお見通しだと言われているようで、屈辱で胸がいっぱいになる。

「……だれが」

メアリーはつんと澄ました表情で返す。

上気した顔や、イかされたばかりの身体のせいで、格好はついていないだろう。それはメアリー自身にもよくわかっていた。それでも、素直になどなれない。

「次は俺の番だ」

いいかげん素直にならないメアリーとのやりとりに飽きたのか、それとも彼自身限界が近づいているのか。

シリルはゆっくりと寝間着を脱いでいく。

薄手のシャツのボタンを外すシリルの指が、明かりに照らされてぬるぬると光っている。それが自身の蜜なのだと自覚すると、どうしようもないほどにいたたまれなくなった。

しかし目の前に現れたシリルの肉体は、素晴らしいとしか言いようがなかった。

無駄なく鍛え上げられた筋肉はたくましく、均整の取れた美しさがある。

こんな状況だというのに、メアリーの目はついシリルの身体に釘づけになっていた。

メアリーはフォレスター伯爵家の令嬢として、幼いころからずっと騎士や傭兵といった屈強な男性に囲まれて育ってきた。そのためか、筋肉のついた男性のたくましい肉体に憧れがあったのだ。

そんな肥えたメアリーの目から見ても、シリルの身体は美しい。

思わず、一度息を呑んだ。

(……って、なに考えてるの！　相手はあのシリルなのよ……！)

けれど、自分にそう言い聞かせ、メアリーは首を横に振る。

そっと視線を逸らして直視しないようにする。が、どうしてもシリルの身体に視線が惹きつけられてしまう。

(もしもこの人が、コナハン家の人間じゃなかったら……)

好きになることも、あったのかもしれない――

一瞬だけそう思うが、幼少期の意地悪やあの出来事、彼の傲慢《ごうまん》な性格などを思い出し、「それはないな」とすぐにその考えを捨てた。

メアリーとシリルはどこまでいっても水と油。

交わることは決してないのだ。今回のことが例外なだけであって。

ひとり葛藤するメアリーの気持ちなど、シリルは知る由もない。

彼は淡々と寝間着を脱ぎ捨て、下穿きさえもあっさり脱いでしまった。

そうすると、どうしてもメアリーの視界に入る。

恐ろしいほどにそそり立つ、シリルのソレ――熱杭が。

（あんなもの、挿《はい》るわけがないじゃない！）

指を二本受け入れるだけでも精一杯だったのに。あんなにも太くて大きなもので身体を貫かれたらひとたまりもないだろう。

そう思い、また息を呑む。

けれど無情にも、蜜口に熱くて太いものが押し当てられた。

「挿《い》れるぞ」

メアリーは無意識のうちに腰を引く。だがシリルに腰を掴まれ、逃げることは叶わない。

蜜壺のナカに、彼の剛直が押しこまれていく。

「んん――っ！」

身体が痛い。心は恐ろしさに怯えて、意識せずとも喉が鳴る。

「……ぁ」

小さく声が漏れ、メアリーはシリルのほうに手を伸ばしていた。

どうしてそんな行動を取ったのか、メアリー自身にもわからない。ただ、すがるものが欲しかっただけかもしれない。

「……っ！」

そんなメアリーの行動に、シリルは一瞬だけ眉を上げる。

そして彼は突然メアリーの手を掴むと、そのままシーツの上に縫《ぬ》いつけた。

まるで、恋人同士のように指を絡めながら。

……その行動に、メアリーの頭はひどく混乱する。

(どう、して)

どうして、彼はメアリーの行為を突っぱねないのだろうか。

メアリーがシリルを嫌うように、シリルもまたメアリーを嫌っているのなら、こんな風に恋人の真似事など、したいはずがない。

彼はただ義務として、メアリーを抱こうとしているだけのはずなのに。初夜なのに夫婦の営みをしなければ、使用人が不審がるからと。

いや、先ほど彼は今後もメアリーを抱くと言った。

一体、どうして。

けれどメアリーがその疑問を口にすることは叶わなかった。

「……んんっ⁉」

メアリーの身体に、引き裂かれるような強い痛みが走ったのだ。

痛みに耐えられず、メアリーは声と涙をこぼす。

唇がはくはくと動き、視界が涙でゆがんでいく。

「……泣いてるのか？」

頭の上から、そんな声が降ってくる。

メアリーは首を横に振った。

「な、いてなんか……っ！」

首を横に振りながら、メアリーは必死に否定する。

シリルにだけは、泣いているのを気づかれたくなかった。

涙を流していることなど、見ればわかることはメアリーだって理解しているのだ。けれど、それでもシリルの前では認めたくなかった。

だが、シリルはメアリーの顔に自身の唇を近づけ――メアリーの目元をぺろりと舌で舐《な》めた。

涙を舐《な》めとられたのだと気がついたのは、そのすぐあとのこと。

……まるで、あのときと同じだった。

「好きなだけ泣け。……お前の泣き顔、俺は好きだ」

なんて意地の悪い男だろう、泣いている顔が好きだなんて。

そんなの、弱みをさらけだしているも同然なのに。

シリルにだけは、弱いところを見られたくないのに。

メアリーはなんとか溢れる涙を止めようとする。なのに、涙は止まらない。

「さっさと動けばいいでしょう……！　早く、終わらせてよ……！」

下腹部はいまだに痛い。違和感もすさまじい。

このまま動かれれば、快感どころではないだろう。

それでも、こうしてシリルと繋がっているのがメアリーにとっては耐えがたかった。

一刻も早く、この忌々《いまいま》しい行為を終わらせたい。

なのに、シリルは動かない。

ただ、メアリーと絡めた指に力をこめ、その茶色の瞳でメアリーのことを見下ろし続けるだけだ。

不快なはずのその目が――メアリーには、美しい宝石のように見えた。

その目が時折優しげに細められたかと思うと、痛みにこぼれる涙をまたそっと舌でぬぐいとる。

屈辱だと感じていたその行為が、なぜだか愛おしいものに感じてしまいそうになるのを、メアリーは心の中でなかったことにしようと必死だった。

それから、一体どれほどの時間が経ったのだろうか。

無言と無音の空間の中、互いの息だけが耳に届く。

いつしかメアリーの下腹部を襲《おそ》っていた痛みは小さなものになり、異物感も薄まっていた。

「……もう、痛くない、から」

メアリーは目を閉じてそう告げた。

すると、シリルはゆっくりと腰を動かしはじめる。

ゆるゆるとした腰遣いは優しく、まるでメアリーのことを労わっているように感じてしまう。

……そんなはず、ないのに。

シリルの動きが、だんだんと早くなっていく。

メアリーはただただ揺さぶられ続けた。

「はぁ、んっ！　あぁっ！」

メアリーの口からは艶《いろ》っぽい吐息がこぼれ、大きく乳房が揺れる。

目を開けてぼんやりシリルの顔を見つめていると、メアリーの顔に水滴が降ってきた。それが、シリルの汗だと気がついたのはそれからほんの少しあと。

そして、メアリーの蜜壺の弱い部分にシリルの自身が触れる。その瞬間、メアリーの身体に強い快楽が走り、埋めこまれた彼の熱杭をぎゅっと締めつけた。

それにシリルも感じたのか、彼は余裕なさげに息を漏らす。

（……ざまぁ、みなさい）

心の中でそう呟いたのは、さんざん身体を暴かれた仕返しだったのだろうか。

このときのメアリーは、すでに冷静な思考回路を失っていた。

「やっ⁉　あぁ、んっ」

シリルのモノが再び激しく動き、メアリーの感じるところを入念にこすってくる。

嬌声《きょうせい》がおさえられず、蜜壺がぎゅうぎゅうと締まった。背はのけぞり、身体が大きく揺れる。

「はぁ、あんっ……！」

異物感や痛みは、もうとっくに消え去っていた。

感じるのは快感だけ。与えられる感覚に、脳が蕩《とろ》けそうになる。

息が荒くなり、メアリーはシリルの瞳を見つめた。

完全に欲情した、シリルの目。

なぜかメアリーは、視線を逸らせないでいた。

シリルの目に惹きつけられるかのように、彼の顔を見つめてしまう。

「……メアリー」

シリルの唇が、メアリーの名前を紡ぐ。

それに驚き大きく目を見開くと、彼は悪戯《いたずら》が成功した子どものように笑った。

けれどその表情は、いつもの意地の悪いようなものではない。

純粋な、きれいな笑みだった。

（……この人）

――こんな表情も、できたのか。

メアリーはシリルの顔を見つめ続ける。

メアリーが知るシリルは、いつだって意地の悪い笑みを浮かべていた。それに、あの傲慢《ごうまん》な態度。

好きになれるはずがない。メアリーの中でシリルは完全に『嫌な男性』だった。

そんなメアリーの思考を遮《さえぎ》るかのように、蜜壺の最奥をシリルが突いてくる。

「ひゃぁあっ！」

大きな嬌声《きょうせい》を上げ、メアリーは背をのけぞらせた。

そして何度か奥を突き上げると、ぐっと動きが止まり――

「……くっ」

メアリーの蜜壺の最奥に、熱いものが放たれた。

それは、シリルが達した証拠。

軽くゆがんだシリルの顔を、メアリーは見つめた。

「……ほら」

シリルはメアリーの唇に触れるだけの口づけを落とした。

それはとても心地よくて、メアリーの中でなにかがガタガタと音を立てて崩れていく。

もしかしたら、シリルは自分が思っていたような『嫌な男性』ではないのかもしれない。

そんな気持ちが芽生える。

「シリル、さま」

彼の名前を呼ぶと、メアリーの蜜壺から熱杭が引き抜かれる。

シーツの上にシリルが放った欲とメアリーの純潔の証がこぼれ落ちていった。

「もう寝ろ」

それから、シリルは端的にそう言った。

確かに、今すぐにでも眠ってしまいたかった。行為のせいで疲れ切った身体は、睡眠を求めている。

メアリーはゆっくり目を閉じた。

シリルが今なにをしているのか、どんな表情でいるのかは、メアリーにはわからない。

ただ、隣でごそごそ音がしているので、起きてはいるのだろう。

「……メアリー」

どこか切なそうな声で、シリルがメアリーの名を呼んだ。

メアリーの心臓が、どくんと大きな音を立てる。

「……お前は、ずっと俺に囚われていればいいんだよ」

その言葉は、一体どういう意味だったのだろうか。

疑問に思ったものの睡魔には抗えず、メアリーは眠りに落ちていく。

眠りに落ちる前、メアリーの身体に毛布がそっとかけられた。

それだけは、メアリーにもわかった。

第二章　知りたい本心

意識が浮上し、ゆっくりと瞼《まぶた》を開く。

視界に入った見知らぬ天井に、メアリーは慌てて身体を起こした。

「いったぁ……」

直後、鈍い腰の痛みに顔をしかめる。

その痛みで、メアリーは昨夜の行為を否応なしに思い出す。

昨夜、メアリーはシリルに純潔を散らされた。

身も心も乱された記憶がよみがえり、自然と嫌悪感丸出しの表情になる。

だが、隣を見てもシリルはいない。

それどころかシーツにはぬくもりさえなく、彼がメアリーよりも相当早くに起きたのだとわかった。

「……って、もう十時⁉」

時計の針が示す時間に、メアリーは目を見開く。

メアリーは頭を抱える。どうしてシリルは起こしてくれなかったのだろうか。

「……まぁ、いいか」

初夜の翌朝なのだ。使用人も理解していることだろう。

そう思いなおし、メアリーは散らばる下着を身につけ、はだけたままのナイトドレスを元に戻す。

汗ばんだ身体が気持ち悪く、できることなら今すぐにでも湯あみがしたい。

けれど、そんなわがままを言ってもいいのだろうか。

ここは実家ではない。嫁ぎ先の……コナハン家なのだ。

とはいえ使用人たちも昨夜なにがあったかわかっているはず。聞いてみるだけ聞いたって、ばちは当たらないだろう。

そんなことを思い、メアリーはベルをちりんと鳴らす。

（……はぁ）

侍女を待つ間、頭をよぎるのは昨夜の忌々《いまいま》しい行為。

思い出すだけで、顔に熱がどんどん溜まる。

シリルはメアリーのことを、乱暴には抱かなかった。もちろん強引なところはあったし、抵抗してもさんざん鳴かされてしまったけれど、それでも。

身体を傷つけるようなことだけは、しなかった。

シリルにとって、フォレスター家の娘であるメアリーは宿敵と呼んでおかしくはない相手のはず。

結婚なんて形だけだと思っていたメアリーにとっては、抱かれたこと自体予想外ではあったけれど、それにしたって本当に抱かれるならもっとひどくされるものだと思っていた。

それなのに、メアリーの身体に負担が少ないようにと気遣ってくれたように思う。

シリルの口からは、気遣う言葉なんて、これっぽっちも出なかったけれど。

「……最悪」

毛布を抱きしめながら、メアリーはそう呟いた。

そのとき、寝室の扉が三回ノックされる。どうやら、侍女が来てくれたらしい。

メアリーが「どうぞ」と声をかけると、ひとりの侍女が顔を見せた。

きっちりお団子にまとめた茶色の髪に、おっとりした印象の緑色の目。

彼女の顔を見て、メアリーは思わず「ダリア！」と声を上げた。

「お嬢様……！　いえ、メアリー様」

ダリアと呼ばれた侍女は、嬉しそうにメアリーに近づいてくる。彼女を見ていると、メアリーの心が落ち着いた。

ダリア・サリヴァン。彼女はフォレスター家でメアリーの専属侍女を務めていた女性だ。

年齢は二十歳で、メアリーのひとつ年上。

年が近いせいか、メアリーとはとても仲が良かった。

きっとコナハン家でのメアリーの生活を心配した母が気を利かせてくれたのだろう。

そんなダリアはメアリーの顔を見て、「昨夜は大丈夫でしたか？」と心配そうに言う。

「……え、えぇ、まぁ」

そっとダリアから視線を逸らし、メアリーは言葉を詰まらせる。

なんと言えばいいのだろうか。

まさか熱烈に愛されたなんて言えるわけがない。そもそも。あれが熱烈に愛されたということなのか、メアリーにはわからないけれど。

「……と、ところで、ダリア。湯あみはできるかしら？」

話を逸らすように手をパンっとたたき、メアリーはダリアにたずねる。

ダリアは口元をゆるめた。

「ええ、もう準備はできておりますよ」

……準備が、できている。

彼女の言葉に違和感を抱く。

（……私、湯あみがしたいって、今はじめて言ったわよね？）

昨夜も、あらかじめ湯あみの準備をしておいてほしいなんて言った覚えはない。

メアリーが怪訝《けげん》そうな表情を浮かべると、ダリアは言いあぐねるように口を開き、視線を泳がせたかと思うと、メアリーの耳元に唇を近づけた。

「……シリル様に、準備をしておけと命じられまして」

こそっとメアリーにだけ聞こえるような声量で、ダリアはそう言った。

その瞬間、メアリーの目が大きく見開かれる。

「……シリル様が？」

どうして、彼がそんなことを。

頭上に疑問符を浮かべるメアリーをよそに、ダリアはこほんと咳ばらいをする。

「なので、今すぐにでも」

「……そ、そう。じゃあ、お願いするわ」

「かしこまりました」

ダリアはほかの侍女に指示を出しに行くと言い残し、いったん寝室を出ていく。

そんな彼女の後ろ姿を見つめていると、今後の結婚生活もなんとかなるような気がしてくる。

しかし。

「そうだ。今日から奥様業をしなくちゃいけないのよね……。はぁ、憂鬱《ゆううつ》だわ」

まずは昨日の披露宴の招待客にお礼状を書かなければならない。

貴族として当然の礼儀であり、これは夫人の仕事だ。

「まぁ、きちんとやらなくちゃね。頑張るのよ、メアリー」

自分自身にそう言い聞かせ、メアリーは寝台を下りた。

それとほぼ同時にダリアが寝室に戻ってくる。

メアリーは信頼する侍女に連れられて、浴室へ向かうのだった。

◇◇◇

その後、浴室でダリアをはじめとする侍女たちに身体を洗ってもらい、メアリーは湯の張られたバスタブに身体をつけた。

温かい湯の上には薔薇《ばら》の花びらが浮かべられており、華やかな香りがメアリーの鼻腔をくすぐる。

その香りと湯の温度はメアリーの心を落ち着けた。

かといって、メアリーをとりまく現実が変わるわけではない。

「……最悪だわ」

湯につかりながら、メアリーは呟く。

侍女たちにはひとりにしてほしいと言って、浴室を出てもらった。

ひとりになったと思って安心した途端、口からこぼれたのは不満だった。

「最悪、本当に最悪」

何度も何度も同じ言葉を繰り返し、メアリーは口元まで湯につかる。

一般的に考えれば、昨日の行為はそこまで最悪というものではないのだろう。むしろ、優しくしてもらったほうなのだと思う。

だからといってメアリーがシリルを好きになれるかと問われれば、それはまた別な話だ。

(どうして、こんなこと)

メアリーの心を埋め尽くすのはいくつかの疑問。

どうして、彼は昨夜メアリーのことを優しく抱いてくれたのか。

どうして、湯あみの準備をするようにと侍女に命じておいてくれたのか。

どうして、「忌々《いまいま》しいなんて思っていない」なんて、彼は――

そんな疑問は消えることはなく、メアリーの中に渦巻いていく。

(こうなったら、直接聞くしかないわね)

メアリーはまわりくどいことが好きではない。

気になったら直球で聞いてしまうタイプだし、長い間うじうじと悩むことはしたくない。

そうと決まればメアリーはさっそく浴室を出て、侍女に用意してもらった紺色のワンピースを身にまとう。それから普段は軽く巻いている髪の毛を手早くひとつにまとめた。

「ねぇ、ダリア。シリル様は今、どこにいらっしゃるの?」

私室に戻り、ダリアに軽い化粧を施してもらいながら、メアリーはたずねる。

「朝から、執務室にこもっていらっしゃるはずですよ」

「昨日が挙式だったというのに、もうお仕事?」

「そのようでございますね。家督《かとく》を継《つ》ぐのはまだ先とはいえ、シリル様にもある程度のお仕事はまわってくるそうなので……」

鏡越しにダリアが苦笑を浮かべている。

コナハン伯爵家は、他の地域の貴族よりもかなり仕事が多い。国境を守る家ということもあってか、領地の管理に加えて騎士や傭兵たちを育成しまとめる仕事があるためだ。

シリルは伯爵の主な仕事である領地経営にはまだあまり携わっていないようだが、その代わりに騎士や傭兵に関する仕事を請け負っている。

メアリーも一時的に騎士団に所属していたので、それは知っていた。

「……国境を守る家なのですから、そう簡単にお休みにはなれないのでしょうね。私もフォレスター家の人間だったから、それは理解できるわ」

いつ他国が攻めこんでくるかわからない土地柄だ。いざとなればこちらの都合など関係ない。休みなどそうそうとれないということは、同じく国境を守る立場であるフォレスター家で生まれ育ったメアリーにはよくわかる。

「はい、終わりましたよ」

ダリアの声に目を開いて、鏡に映る自分自身を見つめる。

……なぜか、どことなく艶《いろ》っぽく見える。

シリルとの行為で、自分の中のなにかが決定的に変わってしまったような気がして、なんとも言えない気持ちになった。

時計の針は十一時半を指しており、そろそろ昼食の時間だ。

シリルと話すのはそのときでもいいかもしれないが、彼は昼食の席にやってくるだろうか。

そう疑問に思い、メアリーは先に彼の執務室に向かうことにした。

「ダリア」

「はい」

「昨日の披露宴の招待客のリストを準備しておいてちょうだい。あとでお礼状を書くわ」

「かしこまりました」

こういうことは執事に言ったほうが確実だろう。ダリアもメアリーと同じく、この屋敷に来たばかりなのだ。それくらいメアリーにもわかっている。

とはいえ、気心が知れている彼女がいると、どうしても甘えてしまう。

ダリアはメアリーの言葉に嫌な顔ひとつせず、笑顔でうなずいた。

◇◇◇

侍女のダリアに連れられて、メアリーはシリルの執務室の前に立っていた。

重厚そうな扉には繊細《せんさい》な模様が彫られており、一流の職人が手がけたものだと一目でわかる。

大きく息を吐き、呼吸を落ち着けてから扉を三回ノックする。

「シリル様、いらっしゃいますか？」

「……誰だ」

扉ごしに、シリルの淡々とした声が返ってくる。

「メアリーです」

メアリーは凛《りん》とした声で名を告げた。

すると大きなため息のあと、「入れ」という言葉が聞こえてくる。

(突然私が来て迷惑なのよね。まぁ、そりゃそうか)

メアリーは静かに扉を開く。

執務室に足を踏み入れ、顔を上げると、シリルは執務室の一番奥にある机の前に立っていた。

「なんの用だ」

相変わらずのぶっきらぼうな口調。

執務机に腰かけながら、彼はメアリーを一瞥《いちべつ》した。

その横柄な態度に一瞬眉をひそめつつ、平静を装ってメアリーは言葉を発する。

「少しお話でも、と思いまして」

「そうか」

シリルはそれだけを返すとメアリーの後ろにいたダリアに視線を向けた。

その視線に気がつき、メアリーはダリアに外で控えているよう促す。

ダリアは今、メアリーにとってこの家で唯一の味方と呼べる存在だ。本音を言えば一緒にいてもらいたいところだが、万が一にでもシリルの不興を買ってこの屋敷を追い出されでもしたらと思うと、彼女を同席させておくわけにはいかない。

「……かしこまりました」

メアリーの言葉に逆らうことなく、ダリアは執務室を出ていった。

最後にこちらを振り返り、メアリーを勇気づけるようにひとつうなずく。心強い彼女の存在に、メアリーはほっと息を吐いた。

バタンと重い扉が閉まる音が響く。

このあとは、自分ひとりでシリルと対峙《たいじ》しなければいけない。

「シリル様に、お聞きしたいことがあります」

真っ直ぐにシリルを見据え、メアリーは凛《りん》とした声で言った。

シリルは「そこに座れ」と執務室にある来客用のソファーをさす。

態度こそ乱暴だが、彼も話を聞く気になってくれたのだろう。そう思いながら、メアリーは二人がけの大きなソファーにゆったりと腰かける。

「……それで、聞きたいことというのは？」

メアリーが腰かけたのを見ると、彼は向かい側に……のではなく、なぜか隣に座ってきた。

(距離が、近い！)

間近で見る彼の顔立ちは整っていて、積年の恨みさえなければ見とれてしまいそうなほど美しい。

そう、積年の恨みさえなければ。

昔から、シリルは傲慢《ごうまん》だった。意地悪だった。

そのせいで、メアリーは彼に苦手意識を抱き続けてきた。

彼はそれを理解しているのか、いないのか。

それはわからないが、彼は昔からなにかとメアリーにちょっかいをかけてきた。

こうして身体が触れそうなほどすぐ隣に座るのも、また嫌がらせの一環なのだろうか？

「……昨夜のことでございます」

目を伏せながらも率直に話題を口にする。

彼は黙って聞いていた。これは、話を続けろということなのだろう。

「……どうして、昨夜は」

メアリーは少しためらいながらも言葉を続けた。

「……あんなに、優しく抱いてくださったのですか？」

「は？」

メアリーの疑問に、シリルは怪訝《けげん》そうな声を上げる。

しばし見つめ合ったまま、沈黙が訪れる。

メアリーはなにも言葉を発さず、シリルを見つめていた。

彼が答えてくれるまで、ただじっと。

「……そうか。お前はそういう風に受け取ったんだな」

それからしばらくして、シリルがついに口を開いた。

そして、彼はおもむろにメアリーの肩を掴んで——そのまま、ソファーに押し倒す。

「な、なにっ……!?」

声を上げることもできず、メアリーは視線だけで彼に抗議した。

抵抗しようとするものの、シリルはメアリーの上に馬乗りになり、彼女の口を手でふさいでくる。

「別にお前のためじゃない」

シリルはメアリーの瞳を見つめ、静かにそう告げた。

「俺は俺の好きなようにした。それだけだ」

その言葉の意図するものが、メアリーにはよくわからなかった。だって、シリルは、メアリーを傷つけるようなことをしなかった。

好きなようにした結果が、あの行為なら——

「お前が泣いている姿が好きなんだ。嫌がっている顔も、な」

くくっとシリルが喉を鳴らす。

……やはり、気に食わない男だ。

メアリーが露骨《ろこつ》に嫌そうな顔をすると、シリルが口端をゆがめてにやりと笑った。

「そういう顔が、一番そそる」

(最低――……!)

やっぱり、この男は嫌いだ。嫌いで、嫌いで、それなのに――

いや、一体彼になにを期待していたというのだろう。

あんなにも激しく快楽を教えこまれ、優しく抱かれて、まさか彼に愛されているとでも思いたかったのだろうか。

一夜明けて、甘い言葉をかけてもらえるとでも?

そんな都合のよすぎる考えを自覚して、メアリーの顔がかっと熱くなる。

それをごまかすかのように、強くシリルのことをにらみつけた。

だが、彼がそれを気に留めることはない。

気がつけば、シリルのもう片方の手がメアリーのワンピースの中に忍びこんでいた。

「んんっ! んんぅ……!」

「大人しくしてろよ」

必死に暴れようとすると、シリルが耳元でそうささやく。

その声にはまるで逆らう気力を奪うかのような。そんな不思議な響きがあった。

「わざわざ侍女を追い出すなんて……。こうなることを期待していたんだろう」

当然、そんな気はちっともなかった。

視線だけでそう訴《うった》えるけれど、脇腹をいやらしい手つきで撫でられると、メアリーの身体は露骨《ろこつ》に震えてしまう。

「んんっ！」

なんとかしてシリルの下から抜け出さなくては。

そう思い、メアリーはシリルの手を噛もうとする。

けれどメアリーのしようとしていることに気がついたシリルは「無駄な抵抗は止めろ」と言ってメアリーの顔に自身の顔を近づけてきた。

「……昨日みたいにしてほしいか？」

優しいような、艶《いろ》っぽいような声音で、耳元でそうささやく。

その瞬間、メアリー脳裏に昨夜の行為がよみがえり……一気に顔が熱くなる。

色白のメアリーの頬《ほお》は、もう真っ赤に染まっているだろう。

そんな彼女の様子を一瞥《いちべつ》し、シリルはメアリーの紺色のワンピースを胸までまくり上げた。

「んんっ！」

必死に抵抗しようと暴れ、シリルの手に自身の手を重ねる。だがそんな抵抗は、彼にとってなんの意味もなさない。

胸を隠すシュミーズも容赦《ようしゃ》なくまくり上げられ、メアリーは必死に首を横に振る。

――この人に、少しでも気を許そうとした自分がバカだった。

メアリーは必死にシリルのことをにらみつける。

そうしていると、シリルの手がメアリーの口元から離れた。それをチャンスと捉え、メアリーは口を開こうとする。

「こんなこと――」

――決して、期待したわけではない。

そう主張しようとするものの、それは叶わない。

シリルの唇が、メアリーの唇に重なったためだ。

「ふぁっ!?」

驚きでとっさに唇を開くと、シリルの舌がメアリーの口内に侵入してくる。

頬《ほお》の内側を撫でられ、歯列をなぞられ、舌を絡め取られる。

くちゅくちゅという水音が執務室に響く。その水音に、なぜかメアリーの身体は反応してしまう。

(いや、なに、この人っ……!)

乱暴な口づけに、頭がくらくらする。

頭の中がぼんやりして、なにも考えられない。まるで、アルコールに酔ったみたいだ。

そう考えていると、シリルの唇がメアリーの唇から離れていく。

銀の糸がふたりの間を伝った。

「惚けた顔しやがって」

メアリーの顔を見下ろしながら、シリルがそんな言葉をボソッとこぼす。

その瞬間、メアリーはハッとした。なんとか表情を整えようとするが、口づけに蕩《とろ》かされた頭ではうまくできない。

「まあいい。感じるだけ感じてろ」

シリルは次に、メアリーの胸をその手で包みこんだ。やわやわと触れる手つきは、間違いなく官能を引き出そうとするものだ。

メアリーの身体の中で、なにかに火がついた。

脳裏には昨夜の行為がよみがえり、身体が期待から熱くなる。

そんな自分自身に失望しそうだった。

「んんっ！」

声だけは上げないように、必死に唇を噛む。

声を上げれば、ダリアは駆けつけてきてくれるだろう。

けれど、こんな姿をダリアに見られたくないというのが半分。もう半分は——身体が、期待してしまっているのだ。これからシリルにされようとしている行為を。

「声、上げてもいいんだぞ？　そうしたらすぐにあの侍女が駆けつけてくれる」

メアリーの心を読んだように、シリルはそんな言葉で挑発してきた。

メアリーは首を横に振る。

絶対に、声は上げない。この男に組み敷かれている自分を、ダリアに見られたくない。

「……へぇ、期待しているんだな」

決してそういう意味ではない。そんなはずはない。

そう自分に言い聞かせるように、メアリーはうるみそうになる目でシリルをにらみつけた。

「まぁ、どっちでもいいか」

そんなメアリーの顔を一瞬だけ見たかと思うと、彼の視線がメアリーの胸に注がれる。

柔らかな乳房をじっくり堪能するように愛撫《あいぶ》したかと思うと、指先が硬くなった胸の頂に移動した。

「ひぃっ！」

小さな悲鳴が漏れる。

メアリーの反応に、シリルは声を上げて笑った。その表情がどうしようもないほどに腹立たしく、メアリーの胸に怒りの炎が燃え上がる。

しかし、それよりも。

——身体が、さっきよりも熱い。

このまま、シリルに気持ちよくしてもらえたら。

そんな邪《よこしま》な感情が、メアリーの中でくすぶる。

けれどわずかに残ったプライドが、その感情をねじ伏せた。

「……これだけで感じたのか？」

シリルはメアリーの乳首をカリカリと爪でひっかいたり、指先で押しつぶしたりしながら、意地の悪い笑みを浮かべてそう言った。

「そ、そんな、わけ、ないでしょ……！」

上ずりそうな声を必死にこらえながら、メアリーは抗議する。

なのに、シリルには通じない。

「その割には硬くなってるぞ、ここ。……それに、もう抵抗しなくてもいいのか？」

その言葉に、メアリーはまたハッとする。

いつしかメアリーの身体からは力が抜けきり、先ほどまでシリルの動きを止めようとしていた手は、力なくソファーに置かれているだけだった。

メアリーは悔しくてまた下唇を噛む。

「俺としては従順でいてくれたほうが都合がいいけどな」

そう呟き、シリルはメアリーの敏感な突起を避けるように、乳輪をくるくるとなぞる。

「……は、んっ」

快感自体は小さい。けれど、無数の快感が集まれば確かな快楽になる。

メアリーの中でくすぶっていた熱が、どんどん強くなっていく。

徐々に息が上がりだし、身体の奥からなにかが溢れるような感覚がした。

「そろそろ、こっちも可愛がってやるか」

メアリーの胸をもてあそびながら、シリルはメアリーの下腹部に手を伸ばす。

「あっ」

それに気がつき、メアリーは小さく声を上げた。シリルの手はするりと下着のひもをほどいて、そのまま布地を取り払ってしまう。

秘所が外気にさらされ、必死に脚を閉じようとする。だが、シリルの手がメアリーの内ももを掴んで無理やりに脚を開く。

大きくふくらんだ胸を惜《お》しげもなくさらし、大嫌いな男の目の前で秘所が露わにされている。

昨日嫁いだばかりの夫の執務室、そのソファーの上でこんな格好をさせられているのだと思うと、あまりにも淫《みだ》らで、涙がこぼれそうになる。

「やだ、見ないでぇ！」

子どもがいやいやをするように必死に首を横に振るが、シリルの視線は容赦《ようしゃ》なくメアリーの秘所に注がれている。

そして彼の熱い手のひらが、メアリーのそこに触れる。

「もう濡れたのか」

シリルの挑発的な言葉に、メアリーの顔がカッと熱くなった。

「ち、ちがっ」

「違わないだろ」

シリルの指先がメアリーの蜜口に浅く入りこむ。くちゅくちゅと動かされると、簡単に蜜が溢れた。

すでに相当濡れているのだと思い知らされて、いたたまれなさから視線をそっと逸らす。

それさえも許さないとばかりにシリルはさらに深くメアリーのナカに侵入し、昨日見つけた最も弱い場所をこすった。

「ひゃぁああっ！」

思わず大きな声が漏れて、メアリーはハッとして自身の口を手で覆う。

幸いにも外にまでは聞こえていないらしく、ダリアが駆けつけてくる様子はない。

ほっと安心すると同時に、メアリーは自分自身に失望していた。

（また、こんなに感じさせられるなんて……）

シリルの愛撫《あいぶ》で感じているという事実が、どうしようもなく悔しい。

「感じてなんか、ない……！」

ただの強がりでもいい、言葉だけでも認めたくなかった。

そう思いながらメアリーがシリルの茶色の目を見つめる。

すると、彼はメアリーを挑発するように笑った。

「じゃあ、根競《こんくら》べと行くか」

そう呟くと同時に、シリルはその長い指をもう一本、メアリーの蜜壺に埋めんでくる。

二本の指はばらばらに動き、メアリーの官能を容赦《ようしゃ》なく引きずり出す。

その上弱点を遠慮なく攻め立ててくるので、もはや声をおさえるのが難しい。

「あ、あっ！」

くちゅくちゅという水音が、メアリーの下腹部から聞こえてくる。

鼻腔をくすぐるのは、メアリーの蜜の香りだろうか。

シリルの指はメアリーを絶頂に導こうと、止まることなくうごめき続けた。

「俺に感じさせられるのは嫌なんだろ？　……我慢してみろ」

耳元でささやかれ、メアリーの身体がびくんと跳ねる。

目元には涙が浮かび、もう快楽でおかしくなりそうだった。

いつの間にかシリルの指はメアリーの敏感な花芽にまで伸びており、身体中に強すぎる快楽が走る。官能が身体の中ではじけて、もう我慢することなどできそうになかった。

「ぁあっ！　んんっ！」

でも、感じたくはない。

そんな思いとは裏腹に、身体は素直に与えられる快楽を享受する。

メアリーの蜜口から吐き出された蜜はいつの間にかとんでもない量になっており、シリルの指を伝いソファーにまで垂れていた。

メアリーの頭はもう官能に染められて、自分の痴態《ちたい》に気がついていない。そんな状態でもなんとか声を我慢し、絶頂しないようにと必死に耐え続ける。

（いやぁああ！　気持ち、いぃ……！）

それなのに、いつしか心も身体にひっぱられていく。

絶頂を求めて、無意識のうちに腰が揺れる。

「……っ」

思わずシリルの背に手をまわし、彼の身体を自身のほうに引き寄せた。

そして、彼の肩に口を押し当て、必死に声をおさえこむ。

「お前は、嫌いな相手にでもすがるのか」

そんなシリルの声が聞こえたような気がしたが、メアリーにはもうそんなことどうでもよかった。

とにかく、この高まりきった熱を解放したくて仕方がなかった。

昨日まで無垢だった身体は、もう快楽を覚えはじめている。

それもこれも、シリルがうまいのが悪い。メアリーは思う。

「……イキたいか？」

まるで悪魔のささやきだった。

うなずけば、気持ちよくしてもらえる。

けれどそんなことをしたら、もう引き返せない。

どれだけ身体が感じさせられようと、心だけは、口に出す言葉でだけは抗い続けてきたのに。

ひとたび快楽を求める言葉を口にしてしまえば、守り続けた矜持《きょうじ》を失うことになる。

心と身体が葛藤し、メアリーの中でせめぎ合う。

だが、シリルの指が蜜壺の最も弱い場所と、敏感な花芯を同時に弄《いじ》ったとき。メアリーの中でなにかが決壊した。……いや、その直前で止められた。

「あっ……」

絶頂には、あと少し足りない。

シリルはメアリーの身体をすでに知り尽くしてる。

昨夜一度身体を暴いただけで、彼はメアリーのすべてを理解しているような、そんな気がした。

だからこそこんな風に、ギリギリのところで快楽を止めてしまう。

メアリー自身が彼を求めるように、誘っている。

もう、すべて彼の策のうちだ。わかっている、わかっているのに。

「……ほら、言え」

堕《お》とすように甘くささやかれ、メアリーはもう抗えなかった。

「もう、イカせ、てぇ……！」

メアリーの口は自然とそんな言葉を紡いでいた。

シリルの口元が明らかにゆがむ。

「今回は俺の勝ちだな」

それは先ほどの根競《こんくら》べの勝敗をさしているのだろう。

けれどメアリーにとって、もはやそんなことはもうどうでもよかった。

「ひぁああっ！」

シリルの指がメアリーの弱点を容赦《ようしゃ》なく攻める。

蜜壺の奥に入りこむ指と、花芯をぐにぐにと刺激する指先。

もはやどこを触られているのかすらわからないほど、全身が痺《しび》れるような感覚に襲《おそ》われ——

あっけなく、絶頂させられた。

「あぁ……」

せっかく湯あみで清めた身体は、すでに汗やそれ以外のものでまたどろどろになっていた。

(わたし、なんてことを……!)

いくらか冷静になった頭で、メアリーは自分が口にした言葉を理解する。

忌々《いまいま》しくて、憎い男。

そんな彼に、快楽をねだってしまった。

メアリーの顔は今、真っ青になっていることだろう。

(フォレスター家の娘としてのプライドが……)

気持ちを沈ませるメアリーをよそに、シリルは「ちゃんとイケてよかったなぁ?」とわざと挑発するような言葉をかけてくる。それがどうしようもなくメアリーの羞恥心《しゅうちしん》を煽《あお》った。

「言わ、ないで……」

「目を逸らすなよ。お前が俺に、ねだったんだぞ」

メアリーの蜜壺から指を引き抜き、シリルは見せつけるようにその指をメアリーの眼前に突きつける。

蜜に濡れたシリルの指は、ひどく淫靡《いんび》に見えた。

「も、もういいでしょう⁉ もう、満足したでしょう……⁉」

その指から視線を逸らしながら、メアリーは必死にシリルの下から抜け出そうとする。

もう終わったのだ。なんとかして、逃げ出さなくては。

必死にあがこうとするものの、達したばかりの身体にはうまく力が入らない。

そしてシリルも一向にメアリーの上からどこうとしない。

「……満足、してるわけないだろ」

シリルのその言葉に、メアリーの肩がびくっと震える。

まさか、まさか。

最悪の可能性が思い浮かび、メアリーは息を呑んだ。

メアリーのその予想は当たってしまったらしい。シリルは自身のベルトに手をかけている。

カチャカチャとベルトを外す音が執務室に響き、メアリーの顔から血の気が引いた。

「や、いやぁ……！」

また昨夜のように犯されるのか。それは、嫌だ。

メアリーは首を横に振る。

シリルがなんのためらいもなく自身のトラウザーズと下穿きを引き下げると、大きくそそり立つ彼自身が姿を現した。

そしてメアリーの蜜口に熱く滾《たぎ》る肉棒の先端を押しつける。

「お前だけ気持ちよくなって終わりなんて、ずるいじゃないか」

彼は愉快そうに笑いながら、その熱杭をメアリーの蜜壺のナカに埋めこんだ。

「いやあぁぁぁっ！」

一気に奥まで貫かれ、メアリーの背がのけぞる。

昨夜のような、身体を引き裂かれそうなほどの強い痛みはない。

そのせいだろうか、シリルの動きにメアリーを労わるような様子はなく、はじめから彼女の身体を食らいつくそうとするように、何度も何度も突き上げてきた。

「ひぃっ！　ひぐっ！」

与えられる快楽に、メアリーは悲鳴を上げることしかできない。

どれだけ泣いて喘《あえ》ごうと、シリルは容赦《ようしゃ》なく腰を動かしてくる。

硬く研がれたような切っ先がメアリーの蜜壺を暴れまわり、感じるところをもどかしくかすめる。

これだけ激しくされているというのに、感じるのは痛みではなく、暴力的なほどに甘い快感だった。

「やめて、もうやめてぇ……！」

シリルのシャツにすがりつきながら、メアリーは必死に首を横に振る。

嫌だ、嫌だ。

お願いだから、もうやめてほしい。

今ならばまだ、引き返せるはずだから。

……このシリルという男に、壊されずに済むはずだから。

「なにがやめてだ。……ナカはぎゅうぎゅうに俺を締めつけて離さないし、顔だってこんなに蕩《とろ》けてるくせに」

シリルは動きを止めるどころかメアリーのことを煽《あお》ってくるばかりだ。

恐る恐る顔を上げて、シリルの茶色の目を見つめる。そこに映るのは、メアリー自身の姿。

その顔は、信じられないほどに惚けている。

(こんなの、私じゃない……！)

認めたくないのに、官能を揺さぶられ続けてはどうにもできない。

「ほら、ここだったよな」

「いやぁ、そこだめ、だめぇっ！」

シリルの熱杭が、今度はメアリーの最も感じる場所を重点的に攻めてくる。

そうして、またあっけなくイカされてしまった。

「あぁーっ……！」

メアリーのタガは、もう完全に外れていた。

シリルに奥を突かれるたびに、軽い絶頂を繰り返している。

「いや、ぁっ、も、いやぁ……！」

これでもかというほどの激しい水音が響く。

「……蕩《とろ》けた顔しやがって」

シリルが眉根を寄せて呟いた。

そうだ、こんな快楽に蕩《とろ》けきった情けない顔、シリルに見られたくない。

その一心で、メアリーは彼から顔を逸らそうとした。

だが、彼はメアリーの顎を掴み、無理やり前を向かせる。

「……可愛い顔」

ボソッとそんな言葉をシリルが呟くものの、メアリーにはもう聞こえていなかった。

ただ喘《あえ》ぎ、快楽を逃そうともがくことしかできない。

いつの間にかシリルの動きが早くなったかと思うと、彼は全身でメアリーを求めるように、彼女の身体をかき抱いた。

「……ほら、出す、ぞっ！」

そんな言葉が聞こえたかと思うと。メアリーの最奥になにか熱いものが放たれる。

「はぁ、ん……」

シリルの熱が、メアリーの身体の奥に染み渡っていく。

(また、出された)

頭がぼんやりする中、メアリーはゆがむ視界の中シリルの顔を見つめた。

いつも余裕な表情の彼の、汗ばんだ顔。

不思議とメアリーは、そんなシリルの顔をずっと見ていたいような気持ちになった。

しかし、そんなメアリーをよそにシリルは彼女のナカから自身を抜くと、顔を背けてしまう。

「……シリル」

メアリーの心の中に、さまざまな感情が湧き上がる。

気づけば、彼の名を口にしていた。

「……ん？」

メアリーの声に、シリルが振り返る。

「わた、し」

なにかを言おうとしたものの、何度も何度も絶頂させられたせいか、強い眠気が身体を襲《おそ》い、それ以上続けることができなかった。

メアリーの目が、ゆっくり閉じられる。

（……わたし、どうして）

心の奥底で、シリルへの嫌悪感が薄れはじめている。それがなぜなのかは、わからないけれど。

抱かれただけなのに。

ほんの少し、優しくされただけだというのに。

（……単純）

心の中でそう呟き、メアリーは眠りに落ちていった。

眠りに落ちる前に聞こえたのは——動揺したようにメアリーの名を呼ぶ、シリルの声だった。

◇◇◇

シンプルな家具が置かれたコナハン家別邸の一室。

ここは、女主人のため……つまりは、メアリーのために用意された部屋だ。

夫婦の寝室とは中扉で繋がっており、簡単に行き来ができるようになっていた。

ちなみに、こちらにも寝台はある。なんでも、体調がすぐれないときに使用するものらしい。

そんなことを、メアリーはダリアから聞いた。

（……あぁ、嫌だわ）

目の前にある便せんの山を見つめながら、メアリーはそう呟く。

挙式から五日が経った。あれ以来、メアリーは昼間はできるかぎりお礼状書きに勤《いそ》しんでいた。

いがみ合っていたとしても、さすがは伯爵家同士の婚姻というべきなのか。

披露宴の招待客はたいそう多く、その家ひとつひとつにお礼状を書くともなれば、相当時間がかかりそうだ。

（こちらの家は……後のほうがよさそうね。それからこちらの家は……）

リストを眺めて優先順位を考えつつ、メアリーはペンを手に取る。

貴族とは、足のひっぱり合いを好む生き物だ。

そのため先にお礼状が届いたとか、自分のほうが後だったとか、そういうくだらないことで争い合う可能性が大いにある。

これだけの数の家にひとりでお礼状を書くとなれば、当然一日で終わるわけはない。そうなるとどうしても優先順位を決めなければならないのだ。

まずは貴族としての位が高い順に。同じくらいであれば、家同士の付き合いの深さ。

もしなにか言われても正当な理由を示せるように、こうした気遣いは貴族の妻として当然に求められるものだった。

ふと手を止めて、メアリーは窓の外を見つめる。

現在、シリルは騎士団のほうへ行っている。正直、メアリーもお礼状を書くより騎士団の仕事に携わりたいところだったが、女主人の仕事を放棄するわけにはいかない。

すべての仕事を完璧にこなし、非の打ちどころのない夫人を演じる。

それがメアリーの第一の目標だ。

でなければ、コナハン家に侮《あなど》られる。

そう思っていると、扉がノックされた。

どうぞ、と声をかけると、入ってきたのはダリアだった。

彼女は少し神妙な面持ちで近寄ってくると、周囲をちらりと見渡しつつ、メアリーの耳元に唇を近づける。

「……メアリー様。少々お話が」

彼女がこういう行動を取ることは珍しい。

なにかよからぬことが起きているのだろうか。

メアリーはペンを戻し、ダリアのほうに向きなおった。

それとほぼ同時に、下の階が騒がしいことに気がつく。

(どうかしたのかしら?)

ここは屋敷の二階である。応接間があるのは一階だ。

「ええと、大変申し上げにくいのですが……」

ダリアが眉をひそめた。

その様子を見て、メアリーは大体のことを察した。

（そりゃあ、私はフォレスター家の娘だけれどね……）

おおかた、メアリーとシリルの結婚に異を唱える者が乗りこんできたのだろう。この別邸になんの連絡も入っていないということは、来たのはコナハン本家の人間だと理解した。

「いいわ。行きましょう」

ゆっくりと立ち上がり、ダリアにそう告げる。

おそらく彼女は、メアリーには隠れているように言いにきたのだろう。

だがメアリーにだってプライドがある。

文句のひとつやふたつ、正面から受け取れなくてどうするというのだ。

（それに、逃げまわっていてはいつまで経っても解決しないし）

誰になにを言われようと、メアリーはもうコナハン家に嫁いだのだ。

一番異を唱えたいのはほかでもない自分自身ではあるが、嫁いでしまった以上、ほかの人間にとやかく言われるのは気に食わない。

「メアリー様……」

「大丈夫よ。どうせ大したことではないわ」

嫌味のひとつやふたつ言われるくらい、どうということはない。

そう思いつつ、メアリーは部屋の扉を開けようと近づく。

その瞬間――部屋の扉がバンッと開いた。

さすがに予想外だった。まさか、ここまで押しかけるなんて。

「どうも、メアリーさん」

現れたのは、落ち着いた色合いのドレスを身にまとう女性だった。髪の毛はゆるく巻かれており、まさに上品な貴婦人といった佇《たたず》まいだ。

その顔立ちは、シリルによく似ている。

来客の正体を知ったメアリーは、頬《ほお》が引きつりそうになるのをおさえて愛想笑いを浮かべた。

「いらっしゃいませ、コナハン伯爵夫人」

できるかぎり丁寧に名を呼ぶと、彼女は「ふんっ！」と鼻を鳴らす。

どうやら、メアリーのことが相当気に食わないらしい。

「ずいぶんと派手な格好ですこと」

コナハン夫人――アグネス・コナハンはメアリーの姿を一瞥《いちべつ》し、顔をしかめた。

今メアリーが来ているのは、彼女の瞳の色と同じ赤色のドレスだ。確かに華やかな色合いではある。とはいっても派手なのは色だけで、デザインはいたっておとなしいものだった。大きく裾《すそ》を広げているわけでもなく、身体のラインが出るわけでもない。露出も少ない、ごくごく一般的な貴族夫人の装いといえるだろう。

ついでにいえば、黒い上着を羽織っているのでさらに落ち着いた印象に見えるはずだ。

「まあ、そんなに派手でしたかしら。自分では気づけなくって」

自身の眉間がぴくぴくと動くのがメアリーにもよくわかった。

(さすがに、乗りこんできて開口一番にそれはないんじゃないの？)

心の中で文句を言いつつも、メアリーはダリアにお茶を淹れるよう命じた。

こんな人物でも義母は義母。もてなさなければならない。

アグネスはすたすたと部屋の中に入り、当然のようにソファーに腰を下ろす。

ひとりだけ立っているわけにもいかず、メアリーも対面のソファーに腰を下ろした。

無意識のうちに、ぎゅっと上着を握る。

「こんな昼間からそんな派手な格好をしているなんて、新婚だというのによその男でも誑《たら》しこむつもりなのかと驚いてしまったわ」

そんな失礼な言葉とともに、アグネスはメアリーを品定めするようにじろじろと視線をよこす。

メアリーは眉をひそめたくなるのを耐え、ぎこちなく笑った。

「お義母様《かあさま》ったら、ご冗談を……。私とて、もうコナハン家の人間ですわ。それがそんなふしだらな女に見えまして？」

「どうだかねぇ」

アグネスは嫌味ったらしく笑うばかりだ。

「フォレスター家の女は男を誑《たぶら》かすのがたいそうお上手だというもの」

ソファーにふんぞり返りながら、メアリーを挑発するようにそんな言葉をぶつけてくる。

この態度は本当にメアリーのことが……いや、フォレスター家の人間が気に食わないのだろう。

メアリー個人のことならいざ知らず、家のことを愚弄されるのはさすがにいただけない。

ふつふつと沸いてくる怒りを押しとどめるように、メアリーはダリアが出してくれたお茶を口に運んだ。

(ダメよ。ここで怒っては相手の思うつぼ。冷静でいなくちゃ……)

ぎゅっと手のひらを握りながら、アグネスを見つめた。

彼女の目を見れば、間違いなくメアリーを敵視しているのがわかった。

「あなたのような女がシリルにふさわしいだなんて、思い上がらないことね」

「……思い上がるだなんて、そんな」

「そもそも、あんなことがあったのに、よく平気な顔であの子と結婚なんてできたものだわ。それでなくともフォレスター家の女が嫁いでくるだなんて、考えるだけでおぞましいのに」

彼女の言う『あんなこと』とは、一体なんだろう。メアリーには心当たりがない。

けれど、メアリーにはそんなことどうでもよかった。

「私のことが気に食わないなら、それでも構いません」

じっとアグネスの目を見つめて、メアリーの口はいつの間にかそんな言葉を紡いでいた。

「……あら?」

「ですがフォレスター家を侮辱《ぶじょく》することはおやめください。いくらあなたが義母《はは》とはいえ、許せることではございません」

さすがにこれ以上、家についてなにかを言われるのは耐えがたい。

意を決しての言葉だったが、アグネスの反応は意外なものだった。

「あなた、まさかあのときのことを――」

アグネスが咎《とが》めるようになにかを言おうとする。

そのときだった。

「――母上!」

部屋の扉が勢いよく開く。顔を見せたのはシリルだ。彼はなぜか怒っているようで、大股でソファーのほうに近寄ってくる。

「あら、シリル。会いたかった――」

「――出ていってください」

シリルが敵意を向けたのは、アグネスに対してだった。

彼女の言葉を遮《さえぎ》るように言って、扉を指さす。

その眼光は鋭く、にらまれれば大人でも震え上がりそうなほどに恐ろしい。

「シリル、そんな」

「前触れもなく訪れるだなんて、親とはいえ礼儀がなっていないのでは? 本日はお帰りください」

「……だけど」

「今後いらっしゃるときは、事前に知らせをいれた上でお願いしますね」

不機嫌そうに眉根を寄せたまま、母親に向かって出ていくように促し続けるシリル。

その姿を見たメアリーは、呆然としていた。

どうして、彼は実の母親であるアグネスに出ていけなどと言っているのだろうか？

（……意味がわからないわ）

もしかしたら、彼も突然のことに混乱しているかもしれない。だからひとまずアグネスを追い出そうとしている、とか――いや、それは彼の性格と能力からして考えづらい。

「聞いて、シリル……」

「いいから出ていってください」

母親の言葉に聞く耳も持たず、シリルはひたすらに彼女を部屋から出そうとする。

そのうちいつまで経っても動かないアグネスにしびれを切らしたのか、その手を引いて部屋の外へ向かっていった。

「どうせ特に用なんてないんでしょう。もう俺たちには関わらないでください。それと、もしメアリーに危害を加えたりしたら、承知しませんから。……ほら、早く行きますよ」

最後にそれだけ言って、シリルはアグネスを連れて部屋を出ていってしまった。

……まるで、嵐のようだった。

（一体どういうこと……？）

先ほどシリルは、メアリーに危害を加えたら承知しない、と言っていた。

……どうして、そんなことを言うのだろうか？

(意味がわからないわ)

彼の行動が、言動が、なにもかもがわからない。

シリルだって、フォレスター家を、メアリーのことを忌《い》み嫌っていたのではなかったのか。

それならなぜ同じ考えのはずのアグネスにあんな態度をとるのか。

これでは、まるで——シリルがメアリーを守ろうとしたようではないか。

部屋に残されたメアリーは、呆然と扉を見つめることしかできなかった。

◇◇◇

それからというもの、アグネスはたびたび別邸のほうに顔を出すようになった。

とはいっても、どうやらシリルにこってりと絞られたらしく、一応とばかりに事前に知らせを入れてくる。

……かといって、さすがに三日続けてともなればメアリーも疲弊《ひへい》してしまうのだが。

「まったく、あなたときたら本当に、コナハンの人間という自覚がおありなのかしら……」

今日も懲りずにメアリーの部屋を訪れてはブツブツと小言を言うアグネスに、そろそろ本気で怒りに身を任せてしまいたいのが本音のところだ。

彼女は相変わらずソファーにふんぞり返りながら、飽きずにメアリーへの小言を続けている。

けれど、メアリーは思うのだ。

（少しだけ、態度が柔らかくなってきたような）

と。

まぁ、気のせいだろう。

彼女がそう簡単にメアリーへの態度を軟化させるとは考えづらい。

だが、はじめに訪れたときメアリーに言われたことは頭に留めているのか、フォレスター家を侮《ぶ》辱《じょく》するようなことは口にしなくなった。

とはいえ、うっとうしいことに変わりはないのだが。

どうせ、いつものようにまだしばらく居座るのだろう。

この日もメアリーはそう思っていた……のだが。

「……母上」

この日は違った。というのも、シリルが在宅だったのだ。

彼はメアリーの部屋を訪れると、忌々《いまいま》しいとばかりにアグネスをにらみつける。

その目は実の母親に向けるとは思えないほど、刺々《とげとげ》しい。

「……シリル」

「少しお話があります」

彼はそう言うとアグネスを引き連れてメアリーの部屋を出ていく。

扉を出る際、シリルはメアリーのほうを振り返り、口だけで『待っていろ』と告げた。

けれど、彼が母親となにを話すのか気になってしまったメアリーは、ゆっくりと彼らのあとをついていった。

少し離れたところから、こっそりと追いかける。

すると、ふたりは玄関の前で立ち止まった。

「母上。さすがにしつこいですよ」

うんざりしたようにシリルが言う。

「けれど、コナハン家として――」

「家のことなんて、俺にとってはどうでもいいことです」

そう言う彼の声は、淡々としたものだった。

「どうでもいいとはなんです！　ああ、なぜ陛下はあなたにフォレスターの人間との結婚なんて命じられたのかしら……」

やはり、口にはせずともアグネスはまだフォレスター家への憎しみを抱いているらしい。

それも当然のことだ。長年の、いや何代にもわたる確執《かくしつ》が、一度の文句で消えるはずがない。

そんなことを思いつつ、メアリーは柱の陰に隠れてふたりを見守る。

「それに、彼女のせいであなたはあんな――！」

バンッ！　と大きな音がして、アグネスが言葉を切る。

シリルが近くの壁を叩いたのだ。

「――母上」

さすがのアグネスも、かたまってなにも言えないでいるようだった。

「あのときのことは、俺が弱かったせいです。……事件が起きたのだって、決してメアリーのせいじゃない」

「シリル……」

彼らはなんの話をしているのだろうか。『事件』とは、一体なんのことだろう。

シリルと関わるようなことで覚えているかぎり、心当たりはない。

メアリーが記憶をたどっているうちも、シリルはアグネスと話を続けていた。

聞こえてきたのは、衝撃的な言葉だった。

「母上だって俺の気持ちを知っていたでしょう。……俺は、陛下の命令がなくとも――メアリーと結婚したいと思っていましたよ」

淡々と告げられたその言葉に、メアリーは大きく目を見開く。

（どういう、こと？）

聞き間違いかと思った。

けれど、シリルは間違いなく「メアリーと結婚したいと思っていた」と言ったのだ。

その声が、耳に残って何度も頭をめぐる。

（……意味がわからないわ）

混乱しながらも、メアリーは彼らの観察を続けようとした。しかしシリルはアグネスと話すのに飽きたのか、はたまた埒《らち》が明かないと思ったのか。彼女に背中を向けて歩き出した。

（こっちに来る……！）

メアリーは慌てて隠れた。

幸いにもシリルは隠れるメアリーの姿に気づいていないようだった。すぐそばを通り抜け、部屋に戻ろうとする。

「――し」

彼を呼ぼうと思った。本心をたずねようとした。

だけど、声が出なかった。

彼のどこか愁《うれ》いを帯びたような目が、脳裏に焼き付いて離れない。

シリルの本心が知りたい。

嫌いだった、忌々《いまいま》しいと思い続けていたはずなのに、彼のことが気になって仕方がなかった。

(……もう、なにもわからないわ)

いっそ、もうすべてを知らなかったことにしてしまいたい。

シリルのことを堂々と嫌いだと言える自分に戻ればいいのに。

心の中にちくちくしたとげのようなものが突き刺さる。

それは切なく、どこか甘い痛みだった。

◇◇◇

「あぁあっ! も、もう、むりぃ……!」

首を横に必死に振り、メアリーはもう限界だとシリルに訴《うった》える。

だが、当然のように、シリルが容赦《ようしゃ》することはない。

メアリーの最奥を貫きながら、その柔らかい身体を逃がさないとばかりに背後から力いっぱい抱きしめてくる。

「ひぃぃっ！　また、イっちゃう……！」

言葉通り、メアリーはまた背中をのけぞらせ、ひときわ激しく達した。

本日幾度《いくど》目になるかわからない絶頂に、頭が痺《しび》れる。

それなのに、メアリーの華奢《きゃしゃ》な身体を貫く熱杭はまだまだ萎《な》える気配がない。

先ほどからずっと四つん這《ば》いの姿勢で、背後から突き上げられている。

深く繋がる体勢のせいか、メアリーの感度はいつもよりも増していた。

「やだぁ……も、イキたくない……」

絶頂を何度も迎えさせられ、息も絶え絶えに拒否の言葉を繰り返す。

けれどそんなことはお構いなしに、シリルはメアリーの身体を貪《むさぼ》り続けた。

「……っ！　出す、ぞっ！」

それからしばらくして、ようやくメアリーのナカに熱いモノが放たれた。

何度経験しても慣れることのないその感覚に、メアリーは身体を投げ出す。

浅い呼吸で意識を落ち着けようとしていると、今度は身体を仰向けにされた。

シリルの瞳に妖しい光が灯るのが見えたかと思うと、貪《むさぼ》るような口づけが降ってくる。

（……もう、だめになりそう）

この行為は、一体いつまで行われるのだろうか。

ぼんやりする頭で、メアリーはひとり考える。

シリルと結婚して、早くも二週間が過ぎた。

初夜以降、メアリーは一日も開けずにシリルに抱かれていた。

彼はメアリーのことを入念に愛撫《あいぶ》し、何度も何度も絶頂させてくる。

コナハン家に来てからというもの、メアリーは一度も朝に起きられたためしがない。目覚めるのは決まって十時か十一時ごろ。朝食ではなく昼食を食べ、そのあとはお礼状書きなどの夫人の業務にあたりつつ、日によってはアグネスの応対をする。

そして、夜になるとまた意識が飛ぶまで抱かれるのだ。

（……わたしって）

シリルにとって、自分は一体なんなのだろうか。

ぼうっとする頭で、メアリーは考える。

視線を動かすと、シリルはいつも通りメアリーの身体に毛布をかけ、自身は脱ぎ捨てた寝間着を身にまとっていた。

その姿を見つめながら、メアリーは恐る恐る身を起こす。

「……どうした？」

メアリーのいつもとは違う様子に気がついてか、彼は不思議と優しい声音で問いかけてくる。

力の入らない身体で寝台の上を這《は》い、メアリーはシリルのほうへ近づいていく。

「聞いて……いい？」

自身の汗ばんだ髪が身体にひっついて気持ちが悪い。

そう思いながらも、メアリーはシリルの背中に触れた。

「あなたにとって私って、どういう存在？」

我ながら、なにを聞いているんだとは思う。

確かに、初夜は仕方がない。儀式のようなものだから。

しかし、それ以降もシリルはメアリーを抱き続けている。それも、毎日激しすぎるくらいにだ。

今のメアリーにとって、シリルに抱く感情は、なんとも形容しがたいものになっている。

だからこそ、彼の想いが知りたかった。

「どういう、って」

「やっぱり、身体目当て？」

本当なら、彼はメアリーのことを嫌っているはずだった。コナハン家に生まれた以上、フォレスター家を忌《い》み嫌うようにと教育されてきたはずだから。

忌々《いまいま》しいフォレスターの女への仕打ちとして、ついでに性欲の解消も兼ねての行為だというなら話は簡単だ。

（……だけど）

それなら、もっと手ひどく犯していただろう。メアリーの身体のことを気遣うこともなく、道具のように扱っていたに違いない。

メアリーが知るシリルという男は、意味もなく他人に優しくするようなことはしない。そういう男のはずだ。

それに思い出すのは、この間シリルが口にした「メアリーと結婚したいと思っていた」という言葉。

彼のことがわからない。

だってそれでは、まるでシリルがメアリーを愛していることになってしまう。

そんなはずは、絶対にないのに。

「身体……ってお前、なにを」

「わからないのよっ！」

メアリーは涙をぽろぽろとこぼしながら、シリルに向き合う。

ゆがむ視界の中で、それでも彼としっかりと視線を合わせた。

「だって、あなたが私のこと、優しく抱くからっ！　結婚したかったなんて言うからっ！」

「なっ……！」

「嫌いなのに、嫌いなのにっ……！」

シリルとの結婚なんて、嫌で嫌で仕方がなかった。彼のことなんて、大嫌いだった。

なのに、こんな風に優しくされたり、「結婚したかった」なんて言っているのを聞いてしまえば、意識をしないほうが無理だった。

それに、メアリーの身体はシリルによってこんなにも淫《みだ》らに作り替えられてしまっている。

そのこともメアリーを困惑させる原因だった。

「……俺は、お前を」

だが、シリルはそれきりうつむいて、口を閉ざしてしまった。

「水、取ってくる」

しばしの沈黙のあと、シリルはうつむいたままそれだけ言うと、逃げるように寝室を出ていってしまった。

多分、いたたまれなくなって逃げ出したのだろう。

(……ばか)

寝台に横になって、メアリーはシリルがかけてくれた毛布を抱きしめた。

汗ばんだ髪が、相変わらずメアリーの身体に絡みついてくる。それを振り払う気力もなく、メアリーは毛布に顔をうずめた。

「……身体目当てなら、そう言ってくれたらいいのに」

もしかしたら、自分と彼は身体の相性がとてもいいのかもしれない。メアリーはシリル以外の男を知らないので、わかるはずがないけれど。

でも、メアリーもシリルとの行為に感じている。これ以上があるとは考えられないほどに。

彼も、相性が悪ければ毎晩こんなにも激しくメアリーのことを求めたりはしないだろう。

(都合のいい女なんて、嫌なのに……)

自分がなにを望んでいるのか、メアリーにはわからなかった。

彼に愛されることなのか。彼に抱かれずに済むことなのか。

答えの出ない問いに惑いながら、メアリーは眠りに落ちていく。

間違いなく言えるのは、メアリーの身体が彼の与える快楽に、もう取り返しがつかないくらいおぼれているということだけだった。

◇◇◇

「んんっ」

一体どれくらい眠っていたのだろうか。

メアリーは身体を起こし、寝室の時計を見つめる。

時計の針は、昼の十二時過ぎをさしていた。

「うそっ⁉」

慌ててナイトドレスと投げ捨てられた下着を回収し、素早く身につける。それからベルをちりんと鳴らした。

しばらくして、いつものようにきっちりした格好のダリアがやってくる。

彼女は「メアリー様、おはようございます」とお決まりのあいさつをしてくれるが、決しておはようの時間帯ではない。

「……湯あみの準備は整っておりますよ」

いつものように、ダリアはそう声をかけてくれた。

使用人たちの間でも、メアリーとシリルが毎晩ことに及んでいることは広まっているのだろう。

朝早くに起きてこないメアリーと、乱れたシーツを見ればそれはすぐにわかる。

それくらいは、メアリーにだって想像がつく。

いたたまれないにも、ほどがあるけれど。

「……ごめんなさいね」

「いえいえ」

——毎日毎日、迷惑をかけて。

そんな意味をこめての謝罪だったのだが、ダリアは微笑むだけだった。

そして、なにかを思い出したかのように手をパンッとたたく。

「そうでした。シリル様から、伝言があるのです」

ダリアはそう言うと、メアリーに向き直る。

シリルからの、伝言。

もしかしたら昨夜の問いの答えだろうか？

けれど、もしそうなのだとすれば、それは本人の口から聞きたい。

そう、メアリーは思った。

「今夜から、一週間ほど帰らないということでございます」

だが、ダリアの口から聞こえてきたのは予想もしていなかった言葉だった。

目を見開くメアリーに、ダリアは言葉を続ける。

「騎士団の宿舎のほうで、しばらく泊まりこみのお仕事をなさるとのことでした」

「……そう」

メアリーは、そうとしか返事ができなかった。

もしもメアリーとシリルの関係が結婚する前のままだったら。きっとこんなにも複雑な気持ちになることはなかった。

けれど、メアリーとシリルの関係は変わりつつある。

メアリーはもう、おさえようがないほどシリルを意識してしまっているのだ。

「では、湯あみに向かいましょうか」

メアリーの心情など知る由もないダリアは、にこやかに微笑んだ。

◇◇◇

「……メアリー様？」

「いえ、なんでもないわ」

浴室にたどりつくと、ダリアが怪訝《けげん》そうな表情でメアリーの顔を覗きこんでくる。

どうやら、彼女もメアリーの様子がおかしいことに気がついたらしい。

だが、その理由を素直に言えるわけがなかった。

「……さようでございますか」

どことなくダリアが寂しそうな表情を浮かべた。

その表情を見て、メアリーは申し訳なさを覚える。

幼いころからメアリーを知っているダリア。

そんな彼女だからこそ、あのシリルに興味を持ちはじめているなんて、言えるわけがなかった。

（シリル、さま）

汗ばんだ髪と身体を侍女に洗ってもらい、湯の張ったバスタブに口元までつかる。

ゆったりとした時間の中、メアリーは考えこんでいた。

頭の中に昨夜のシリルの様子が思い浮かんでは、なぜだかいたたまれない気持ちになる。

（もしかして、昨夜のことが原因かしら）

メアリーの質問から逃げるために、シリルは一週間も家を空けることを選んだのかもしれない。

その可能性に気がつくと、メアリーはどうしようもなく虚しい気持ちになった。

かすかな後悔が、心の中で渦巻いていく。

（あんなこと、聞かなければよかった？）

そう思うのに、そう思えない。

なにやらむかむかとしたものが湧き上がり、別の意味でシリルのことが憎たらしくなる。

（……今日からしばらくひとり、か）

あれだけ嫌だと思っていたのに、今のメアリーの中には『寂しい』という気持ちが、芽生えはじめていた。

「ダメよメアリー、きちんとしなさい。あなたはフォレスター家の娘じゃない」

そう呟くことで、自分の意思を保つ。

そうだ。自分はフォレスター家の娘。

コナハン家の人間を好きになることなんてありえない。

それに、シリルには昔から嫌がらせばかりされていたじゃないか。

騎士団にいたときだって、あんな風に泣いているところを見られて――

そうして思い出したあの屈辱的な記憶が頭の中で、彼に抱かれている自分の姿と重なる。

かっと顔に熱が集まって、とっさに首を横に振った。

シリルの嫌なところを思い出そうとしているのに、どうしてこんな。

ままならない自分の心と身体に、メアリーは混乱するばかりだ。

そんな風に考えごとをして、長湯をしすぎてしまったからなのだろう。

メアリーは完全にのぼせてしまったのだった。

◇◇◇

「……うぅ」

メアリーは、寝台に横になって、ダリアに扇《あお》いでもらっていた。

心地のいい風が身体を冷やしていく。

(それもこれもシリル様のせい……!)

シリルのせいではない。長湯をしすぎた自分のせいだ。

こんなものは八つ当たりでしかない。それくらい、メアリーにだってわかっている。

だが、それくらい思っていないとやっていられなかった。

……実際、長湯をしすぎたのはシリルのことを考えていたからなので、彼にだってその責任はあるだろう。

「メアリー様。お加減はいかがですか?」

「……ええ、だいぶよくなってきたわ」

しばらくして、メアリーは寝台から起き上がった。

すると、それを見計らったかのようにダリアが封筒をメアリーに手渡してくる。

「メアリー様宛のお手紙でございます」

封筒の表には『最愛のメアリーへ』という文字がつづられていた。

この文字の癖を、メアリーはよく知っている。

メアリーは慌てて封筒をひっくり返して差出人を見る。

「……お母様」

そこに書かれていたのは『アンネ・フォレスター』の名前。封蝋に刻まれた紋章は、間違いなくフォレスター家のものだった。

メアリーはダリアにペーパーナイフを持ってきてもらい、はやる心をおさえながら封を開ける。

入っていたのは、五枚の便せん。

書かれていたのは当たり障りのない近況報告だった。それから、嫁ぎ先での生活についての心配と、フローレンスの結婚相手を真剣に見繕いはじめたという知らせ。

「よかった。みんな元気なのね」

手紙を読み終えると、メアリーは目元に手を当てて溢れた涙をぬぐう。

母曰く、父はいまだに不機嫌だが、体調は元気そのものだということだ。挙式の翌日は二日酔いがひどく、執事を困らせたとも書いてあり、メアリーは思わずくすりと笑った。

フローレンスは徐々に回復しつつあるらしい。ただ、メアリーの挙式に出られなかったことをたいそう嘆いていたそうだ。その上、メアリーに会いたいと駄々《だだ》をこねているらしい。

母自身はいろいろと思うことはあるものの、メアリーの現状を知りたいということだった。

「……お手紙、か」

ここ二週間、いろいろなことがありすぎて実家に近況報告をする暇もなかった。

せっかくなのでシリルのいないうちに手紙を出そうと考え、ダリアに便せんと封筒を要求する。

「かしこまりました」

丁寧にお辞儀をしてから、すたすたと歩き出すダリア。

その後ろ姿を見つめながら、メアリーはふと思った。

シリルにも手紙を出したほうがいいのではないか、と。

（いいえ、たった一週間留守にするだけなのに、手紙なんて送ってどうするのよ。片時も離れたくない、なんて熱い関係じゃあるまいし）

実際、毎朝起きられないほどに抱きつぶされる生活は送っているのだが。

だからといって、毎日欠かさず近況報告をしあうような仲ではないのだ。

それからしばらくして、ダリアが便せんと封筒を持って戻ってくる。それを受け取ると、メアリーは机につき、ペンを手に取った。

「……お母様方へ、と」

しかし、宛先を書いた時点で手が止まる。

……なにを書くべきか、わからなかった。

「シリル様とはうまくいっている……というには微妙だわ。だからといって特別困ったことも……特にない、わよね」

一番に思い浮かぶのは、やはり毎晩抱きつぶされていることだろうか。いや、そんな生々しいことを両親に話せるわけがない。父など卒倒してしまいそうだ。

「……シリル様」

そしてシリルのことを思い出し、また気持ちが暗くなってしまった。

彼の本心が、知りたかった。

その気持ちに嘘も偽りもない。

なのに、彼はなにも言わずメアリーのもとを離れてしまった。

それがどうしようもないほどに、辛い。

「あぁ、もう！　こんなの私らしくないわ！」

自分自身にそう言い聞かせて、メアリーは一心不乱に文字をつづった。

結婚生活については、結局ぼんやりしたことしか書けなかった。その代わり、屋敷では使用人たちがよくしてくれていると書いた。

聞けば、この屋敷の使用人はほとんどが新しく雇った者らしい。つまりコナハン家派でも、フォレスター家派でもない人物がほとんどだというのだ。

（そうだわ。ダリアのこと、お母様にお礼をしないと）

おそらくだが、彼女がこの家に来てくれたのは母の采配だろうから。そのことについて、お礼の言葉を便せんに書きつける。

「メアリー様。お茶を置いておきますね」

しばらく便せんの前でうなっていると、ダリアがお茶をもってきてくれた。

揺らめく琥珀色の水面を見つめながら、メアリーはため息をつく。

そしてぼんやりと、思い出していた。

いつか、シリルに口移しで水を飲まされたことを。

（……やだ）

あのときのことを思い出すと、メアリーの身体の奥に火が灯るようだ。

先ほどまでのぼせて火照《ほて》っていたというのに、今は別の意味で身体が熱い。思わず脚を閉じ、すり合わせる。

だが、どれだけ身体が熱を解放したくとも、シリルはいない。——メアリーの望むものを与えてくれる人はいないのだ。

「……早く、帰ってきてよ」

メアリーの口から、そんな言葉がこぼれ出た。

◇◇◇

「……はぁ」

時刻は夜の十時過ぎ。夫婦の寝室にある巨大な寝台に横になっていたメアリーは、先ほどからずっとため息をついていた。

あのあと、メアリーはダリアに手紙を出してきてもらった。それからいつも通りに仕事にあたった。

といってもお礼状はほぼ書き終えたため、やることは少ない。空いた時間は、刺繍《ししゅう》をして過ごしている。

ダンスのレッスンもしたほうがいいのかもしれない、と思ったが、メアリーのダンスの腕はすでにかなりのものだ。今さら習う必要もないだろう。

そうして今のメアリーは、なかなかに暇を持て余していた。

「シリル様の、バカ」

寝返りを打ちながら、メアリーはまたため息をつく。

ふたりで眠っているときや、行為にふけっているときは、この寝台がそこまで広いとは思わなかった。

それなのに、いざひとりで眠ろうとすると、広すぎてどこか心許ない。

それにここ二週間、ずっとシリルに抱かれ続けたせいだろう。

……身体が、疼《うず》いて仕方がないのだ。

「うぅ……」

毛布を抱きしめて、なんとか気を逸らそうとした。けれど、なぜか身体は熱くなるばかりだった。

メアリーの中に眠っていた官能はシリルの手によって目覚め、そして彼を求めて熱をもつ。

けれど、自分で自分を慰《なぐさ》めることなどしたくはなかった。

目をぎゅっとつむり、眠ろうと努める。

(……シリルさま)

なのにシリルのことばかりが思い浮かんでしまう。

結婚するまでは大嫌いだった彼の顔。しかし結婚してからは彼の新しい表情も知ってしまった。

メアリーの中で、シリルへの嫌悪感が確かに薄れはじめている。

こんな風に、身体があさましく彼を求めてしまうほどには――

（って、そんなこと思っちゃダメ！　私は、そんなに安い女じゃ……）

そう思いたいのに、もはやそうとは言い切れなくなっていた。

シリルにだったらどれだけ乱されても構わない、だなんて
そんなことを思う日が来るなんて、思いもしなかった。

「こんな気持ちに、なるなんて……」

シリルとは白い結婚をするつもりだった。

もしくは、初夜しか交わるつもりはなかった。

だが、ふたを開けてみれば毎晩のように抱かれ、身体の奥に欲を注がれている。

これでは、子を孕むのも時間の問題かもしれない。いや、間違いなく時間の問題だ。

「……もしも、子どもができてしまったら」

メアリーは、その子どもを愛せるだろうか？

自分の子どもとはいえ、長らく忌《い》み嫌い続けた男の子どもでもあるのだ。

生まれた子がシリルにそっくりだったら、無償の愛を注げるか、メアリーにはまだ自信がなかった。

「シリル様との、子ども……」

メアリーの母は、メアリーとフローレンスに無償の愛を注いでくれた。

だから、メアリーも母親になったらそうしたいと思っていた。

母のように、子どもを愛せるはずだと当然のように思っていたのだ。

でも、その自信が揺らいでいく。

シリルとの子どもを愛せる自信が、ない。

それにシリルも、メアリーとの子どもを愛してくれるかわからない。

メアリーのことすら愛しているかわからないのだ。

そんな状態で子どもができたところで、その子を幸せにできる自信は、今のメアリーにはなかった。

「……まだ、今じゃない」

それが結論だった。

であれば避妊をしてもらうか、もしくは抱くのをやめてもらうかのどちらかだ。

まぁ、シリルがメアリーの言うことを聞くとは思えないので、メアリーが彼を拒み続けるという選択しかないような気もするのだが。

それすらも、うまくいくかは危うい。

なにしろこの二週間、有無を言わさず抱かれ続けてここまで来たのだから。

「でも……」

なぜだか今のメアリーには、絶対に嫌だと言いさえすれば、彼は聞いてくれるのではないかと思えた。

きちんと目を合わせて、自分の思いを伝えさえすれば……

(って、顔を合わせられるのは一週間後なのよ！)

心の中で叫んで、メアリーはまた目をつむる。

なんだかもううんざりしてきた。

こんなに身体が疼《うず》くのも、こうしてシリルに振りまわされ続けるのも。

……本当に彼は、どこまで行ってもメアリーの宿敵だ。

（この一週間で、決意を固めなくちゃ）

彼がメアリーを抱こうとしても、毅《き》然《ぜん》とした態度で断ってやるのだ。

でも。仮にシリルが本当に性欲解消のためにメアリーを抱いていたのだとしたら……

そのときは、愛人を囲うなり、娼館に通うなりすればいい。

身体目当てだったのなら、メアリーもシリルを嫌いに戻れるだろうから。

なのに……

（どうしてこんなに心が揺さぶられるの……？）

その理由を、メアリーはまだ知らない。

◇◇◇

シリルが屋敷を留守にして、早くも五日が経った。

空は気持ちよく晴れ渡り、まばらに雲が浮かんでいる。気温も快適で、とても過ごしやすい。

だが、メアリーの表情は曇《くも》っていた。

「……はぁ」

午後二時にして、本日メアリーがついたため息の数は軽く百を越していた。

理由はひとつ。……寂しいのだ。

シリルがいないせいなのか、いや、それ以外ないだろう。

まだ認めたくはないが、メアリーは寂しくて仕方がなかった。

ダリアをはじめとする使用人たちが一緒にいてくれているとはいえ、彼らとシリルとではメアリーとの関係性が違う。

使用人たちはあくまで雇われの身。お互いに遠慮なくに話せるような関係ではない。

それでなくとも、まだあまり気心が知れていないのだ。もちろん、ダリアは別だが。

そんなことを思っていると、不意に私室の扉がノックされた。

「はい」と返事をすると、扉を開けてダリアが部屋に入ってくる。

どうしたのだろうか。

侍女を呼ぶベルを鳴らした覚えはないし、お茶のおかわりは先ほどもらったばかり。来客の予定もないはずだ。

「メアリー様に、お客様でございます」

首をかしげるメアリーに、ダリアは淡々と告げた。

しかし、彼女のその言葉にメアリーはさらに戸惑う。誰か来るという知らせは受けてはいない。

一体だれが……と思って眉をひそめていると、ダリアは一礼の後、口を開いた。

「アンネ様と、フローレンスお嬢様でございます」

「お母様とフローレンス⁉」

メアリーは勢いよく立ち上がった。

ダリアはただ静かに「はい」とだけ返事をし、そして少し表情をゆるめる。

「応接間にお通ししておりますので」

「え、えぇ。わかったわ」

その言葉にメアリーはうなずき、ゆっくりと歩を進めた。

まさか、母とフローレンスが訪ねてくるなんて。

けれど驚きよりも、喜びのほうが勝っていた。

最近、ほんの少しホームシックだったのだ。まぁ、その原因はシリルがいないことが一番なのだろうが。

応接間の扉の前に立ち、扉をノックし、開く。

そこにはソファーでくつろぐ母アンネと――最愛の妹、フローレンスがいた。

「お姉様！」

メアリーの顔を見て、すぐさまフローレンスが駆けてきた。

腰まで伸びた明るい金色の髪と、おっとりした丸い目。その瞳はメアリーと同じ赤色だ。

その顔立ちはとても愛らしく、どちらかと言えば怜悧《れいり》な印象のメアリーとはまさに真逆の存在だった。

「フローレンス、もう身体は大丈夫なの？」

自身の胸に飛びこんできたフローレンスを受け止め、メアリーはたずねる。

すると妹はその可愛らしい目を、それはそれは嬉しそうにゆっくりと細めた。

「えぇ、もうとっても元気よ。……お姉様のウェディングドレス姿、とても見たかったわ。きっと、この世のなによりもおきれいだったでしょうねぇ」

うっとりした、まるで恋する乙女のような表情だった。

フローレンスは幼いころからたいそうメアリーになついていた。子どものころは、それこそなにをするにも姉と一緒にいたがるような可愛らしいものだったが、ここ数年は姉妹というにはいささか行きすぎたくらいの愛着をメアリーに向けているように思う。

けれどそれも仕方がない。フローレンスは、かなりの寂しがり屋なのだ。

それが彼女の可愛いところであり、姉を困らせるところでもあったのだが。

「……お姉様、ごめんなさい。私のせいで」

つい今まで笑っていたのが嘘のように、フローレンスは眉を下げ申し訳なさそうな顔をする。

その謝罪がなにを意味しているのか、メアリーはすぐに理解した。

「本来なら、私がコナハン家に嫁ぐべきだったのよね。それなのに、その役割をお姉様に押しつけてしまって――」

フローレンスは今にも泣きだしそうな表情で言う。

そんなフローレンスに対し、メアリーは努めてにこやかな笑顔を作りながら「気に病まないで」

と慰《なぐさ》めることしかできない。

(あんな生活、フローレンスじゃ身体がもたないもの)

内心でそんなことを思い、メアリーはフローレンスを見つめた。

「あなたは、どうか幸せな結婚をしてちょうだいね」

その言葉を聞いたフローレンスの表情が、一気に曇《くも》る。

……なにか、思うことでもあるのだろうか。

「メアリー。今日私たちが訪れたのは、わけがあるの」

浮かない表情になったフローレンスの代わりとばかりに、母が静かに口を開いた。

「……どう、なさったの?」

まさか、フローレンスの身体のことだろうか?

嫌な想像をめぐらせるメアリーをよそに、母は「フローレンスの婚約が決まりました」と凛《りん》とした声で告げてくる。

「三週間後に婚約披露パーティーを開く予定なの。もしよかったら、あなたも参加してくれないかしら?」

「そういうことでしたのね……」

母の言葉に、メアリーは納得した。

だが、それとフローレンスが浮かない表情をしているのは、なんか関係があるのだろうか?

相手がひどい男だったとか……いや、フローレンスの婿《むこ》ということは、フォレスター家の跡取りになるのだ。父も母も慎重に選んだはずなのだ。そうそうおかしな相手になるとは思えない。

「お相手は、どなたなの？」

できるかぎり優しい声音でたずねると、フローレンスはメアリーの顔を見上げる。

「……ロウトン子爵家の、エディ様よ」

その声は、今にも泣き出しそうなほど震えていた。

（やっぱり、エディ様になったのね）

エディ・ロウトンはメアリーの元婚約者だ。

家同士の関係性からも、フローレンスと婚約するのは彼になるだろうとは思っていた。

（フローレンスが跡取りとなった今、その判断は妥当だわ）

エディの生家であるロウトン家は、フォレスター家の分家である。きっちりした信頼関係も築けているし、なにより彼は女伯爵となるはずだったメアリーを支えるための教育を受けている。

彼、エディはメアリーの前ではとてもいい好青年だった。ほかの人間の前でどうだったのかは、知らないが。

「……私、エディ様と結婚したくないわ」

その後、フローレンスは今にも消え入りそうなほど小さな声で、そう呟いた。

できれば、メアリーだってフローレンスの願いは叶えてあげたい。

けれど、結婚問題についてはそうはいかない。貴族の娘として生まれた以上、結婚は義務である。

決められた以上、逆らうことはできないのだ。

メアリーだって、同じだった。

「……フローレンス」

手のひらをぎゅっと握りしめ、唇を噛む妹を見ていると、メアリーの中でさまざまな感情が渦巻く。

だが、それを口にすることは許されない。

自分はもう、フォレスター家の人間ではないのだから。

「お姉様も、ここに嫁いで辛い思いをされているのよね。わかっているわ。だけど私……私はっ！

エディ様との結婚なんて、絶対に嫌だわ！」

フローレンスはついにぽろぽろと涙をこぼして、叫び出した。

まだ十六歳の彼女には、まだ受け入れるのが難しいのだろう。

その上フローレンスは筋金入りの箱入り娘。身体的にも、精神的にも、メアリーに比べてずっと未熟だ。

「フローレンス」

メアリーに抱きついて泣きわめくフローレンスを、母が引きはがす。

そして母はメアリーに向かって「ごめんなさいね」と謝罪の言葉を口にした。

「この子、メアリーに会いたいって駄々《だだ》をこねて。あなたに会わないと、結婚なんて絶対に嫌だって泣くから。だから、無礼を承知でいきなり連れてきてしまったのだけれど……」

どこか悲しそうな目で、母は言う。

母はきっと、メアリーだけではなくフローレンスまで望まぬ相手と結婚しなければならなくなった現実に、胸を痛めているのだ。

それでも、父が決めた以上、母に覆す権力はない。

それに家柄も人柄も、エディは結婚相手として申し分ない相手だ。

「……フローレンス」

「なにもかもおかしいわ。私はお姉様とずっと一緒にいられるはずだったのに……！　みんな、みんな私の不幸を望んでいるのよ！　だから私からお姉様を取り上げるんだわ！」

不意に妹がそんなことを叫び出す。

その目はいつものおっとりしたものではなかった。

昔から、フローレンスにはなにもかもを他者のせいにする癖があった。身体が弱いせいで、なにをするにも思うようにいかないことがあっただろうことを思えば、それも仕方がないことなのかもしれない。だけど……

（この子を、このままにしていいのかしら？）

時折、そう思ってしまうのだ。

身体の弱い可愛い妹のためなら、なんだってしてしまっていた。それは姉として当然のことと思いながらも、どこか「本当にこのままにしていいのか」という不安もあった。

その不安が、大きくなっていく。

（いいえ、それなら私がしっかり言い聞かせればいいんだわ）

メアリーは静かにフローレンスに語りかける。

「確かに嫌いな相手と結婚するのは、すごく嫌よね。私だってそうだったもの。……でも、ちゃんと向き合えば、変わるかもしれないわ」

まるで幼子に言い聞かせるかのように、メアリーはフローレンスにそうささやく。

いや、言い聞かせているのは自分自身になのかもしれない。

メアリーはまだ、シリルと向き合えてはいないのだから。

けれど、今のメアリーにはシリルと向き合いたいという気持ちがある。それだけで、彼をそこまで嫌だと思っていないことはもう、自覚していた。

あれだけ嫌っていたシリルに対しても、そんな風に思える日が来るのだ。

もしかしたらフローレンスならばわかってくれるかも……という、淡い期待を胸に抱く。

しかし彼女はどこか虚ろな目でメアリーを見上げていた。

「お姉様」

「あのね、フローレンス」

「お姉様は、あのコナハンの方を好きになったの？」

突拍子もない問いかけだった。

メアリーは口をぽかんと開ける。

そんなメアリーを、フローレンスの赤い瞳が見つめている。

「だって、先ほどのお言葉はお姉様のお話でしょう？　……お姉様は、幸せなの？」

「……フローレンス」

「ダメよお姉様。そんなのダメ。お姉様が幸せになるべきは、あのコナハンの男のそばではないわ」

メアリーのワンピースを掴み、フローレンスはそんな言葉を口にする。

「お姉様は私のお姉様なの。ほかの人のものになんてならないで」

きっと実家にいたころなら、無邪気に喜んでいただろう。

けれど、メアリーの中にかすかな疑問が浮かび上がってくる。

(この子、私の心配をしてるんじゃない。私を……責めてる？)

確かに、メアリーは結婚する前はシリルのことを忌々《いまいま》しいと思い、嫌っていた。それは、認める。

だけどフローレンスが言っているのはメアリーがそんな相手といることへの心配ではなく、彼女のそばを離れたことを責めているように聞こえてしまうのだ。

「お姉様。ねぇ、私のもとに帰ってきて？　あんな男のそばにいるよりはずっといいでしょう？　陛下も勝手すぎるわよ。私とお姉様のことを、引きはがそうとするのだもの……！」

このままにしてはいけない。

そう思うけれど、これ以上彼女と関わってはいけないようにも思えた。

このままでは取り返しのつかないことをしでかしてしまいそうな危うさが、今のフローレンスにはあったから——

「……フローレンス、帰るわよ」

メアリーの動揺を知ってか知らずか、母がそう声をかけてきた。だが、フローレンスはそれを拒む。

「嫌よ！　お姉様と一緒にいるの！」

「フローレンス！」

「私、エディ様とは絶対に結婚しないわ。それにお姉様がいないのなら、生きている意味だってない。ねえお姉様、私が死んでもいいいの？」

メアリーは答えられなかった。

そんなの、子どものわがままを越えている。もう脅迫と同じだ。

「私は、お姉様じゃなきゃだめなの！　それ以外の人は、みんな私の不幸を望んでいるのだもの！」

「フローレンスったら！」

母のことさえをも拒絶する妹の姿が、メアリーにはなぜだか恐ろしいものに見えてしまった。

◇◇◇

「……今日、お昼に？」

「はい。先ほど、そのように連絡がございました」

シリルが騎士団の宿舎で生活をしはじめてから、ちょうど一週間。

朝食をとっていたメアリーのもとに、執事が朗らかな笑みを浮かべてやってきた。

そして開口一番、本日の昼ごろにシリルが戻ってくると知らせてくれたのだ。

メアリーは手に持っていたスプーンを落としそうになる。

だが慌てて気を持ち直し、「そう」とだけ返した。

(どういう風に顔を合わせればいいのかしら)

あれだけ覚悟を決めたつもりだったのに、いざそのときが来るとどうすればいいのか迷ってしまう。

それに今はもうひとつ、メアリーの心を占めることがあった。

フローレンスのことだ。

確かに妹は、昔からわがままなところがあったし、それでメアリーを困らせることもあった。

けれど、あれはもうわがままで済ませていいのか。必死の形相でメアリーに詰め寄る彼女の姿を思い出すと、心が痛むよりも先に、ぞっとするものを覚えてしまう。

「……ご気分がすぐれませんか？」

メアリーの様子を見て心配したのか、執事がたずねてきた。

「いえ、なんでもないわ。突然だったから驚いただけよ」

今メアリーが抱く不安を伝えたところで、どうしようもない話だ。

メアリーは無理やり笑みを作ってごまかした。

それから朝食を終え、いつもの日課に戻る。

最近のメアリーは凝《こ》った刺繍《ししゅう》にはまっており、無心で針を刺していた。こうしていれば、余計なことを考えずに済む。

（……どうしちゃったのかしら、私）

フローレンスへの疑問や、シリルへの気持ち。

ぐるぐると不安が渦巻いている。

「痛っ！」

鋭い痛みが指を襲《おそ》う。ぼんやりして針で指を刺してしまった。

視線を向けると、かすかに血がにじんでいる。

「……はぁ」

ため息をつきつつも、特に気に留めることもなく刺繍《ししゅう》を再開しようとした。

だが、それを遮《さえぎ》るかのように私室の扉がノックされる。

「シリル様がおかえりになりました」

侍女がそう知らせを告げに来た。時計の針は昼の十一時を指している。思っていたよりも早かったが、昼ごろというのに間違いはない。

「わかったわ」

侍女に返事をすると、メアリーは刺繍《ししゅう》の道具を机の上に置いて立ち上がる。

妻なのだから、夫の出迎えは当然のことだ。

送ることはできなかった分、迎えくらいはしなければ。

……まぁ、そもそも送ることができなかったのは彼に抱きつぶされていたからなのだが。

階段を下り、玄関に向かう。途中、身につけているワンピースのしわを軽く整えた。

玄関にたどりつくと、シリルが執事と話していた。持ち帰った荷物のことなどを指示しているのだろう。

メアリーはゆっくりと近づいていた。

「おかえり、なさいませ」

無理やり笑みを作り上げ、控えめな声でシリルに話しかける。

メアリーに気づいた彼は少しだけ目を見開くと、「……あぁ」と小さく返事をした。

「……では、私はこれにて」

シリルとメアリーに気を使ったのだろう、執事がそそくさと奥にひっこんでいく。

残されたメアリーは、シリルの顔をぼんやりと見つめた。

一週間ぶりに見る彼の姿に、特に変わった点はない。あえていうのなら、少し前髪が伸びたかなと思うくらいだ。

そう思いながら見つめていると、彼は突然「メアリー」と口を開いた。

その声に、いつになく優しさを感じてしまい、メアリーはぎょっとした。

「話がある。私室で待っていてくれ」

そう続けるシリルの声音はいつも通りのものだった。

きっと気のせいだろう。メアリーはほっと息を吐く。

「……わかりました」

珍しく素直に答えたが、シリルの言葉に逆らう意味はない。

それに、メアリーもシリルに話があるのだ。

聞きたいことは、いろいろある。

ひとまず先日母から相談された、フローレンスの婚約披露パーティーへの参加について話さなければ。

メアリーが考えごとをしている間に、シリルはさっさと階段を上っていく。慌ててついていこうしたものの、私室で待っていろと命じられたのを思い出し、ゆっくりとそちらへ足を向けた。

（……あら）

ふと先ほど針を刺してしまった指を見ると、まだ血がにじんでいた。すぐに止まると思って軽く拭くだけにしていたが、思いのほか深く刺してしまったらしい。

メアリーは「はぁ」とため息をつく。

ダリアに手当てしてもらおうかと思ったが、その間にシリルの気が変わっては困る。

（せっかくのチャンスだもの。きちんと話し合わなくちゃ）

そう考えて、そのまま私室へ足を運んだ。

それから十分ほど経った後。

シリルはメアリーの私室に顔を見せた。

「……シリル、さま」

静かにシリルの名を呼ぶと、彼は気まずそうに視線を逸らす。

その手は紙袋を抱えている。なんだろうとは思ったが、それを聞くべきタイミングではないだろう。

「……かった」

そして、シリルがなにかを口にした。

しかしその内容がよく聞こえず、メアリーは眉根をよせる。

「悪かった」

今度は、はっきりした謝罪だった。

「……え？」

シリルがメアリーに謝るなんて、今まで一度もなかった。

メアリーは目をまんまるに見開く。真っ赤な瞳が今にも目がこぼれ落ちそうなほどだった。

「……あ、あの」

戸惑いを隠すこともできずに、メアリーはシリルのほうに手を伸ばす。

すると彼は露骨《ろこつ》に顔を背けた。

「今までのこと、悪かったと思っている」

彼は、謝罪を続けた。

「挙式のときのことも、結婚する前も、してからも。……俺は、お前にひどいことばっかり、してきて……」

シリルの紡ぐ言葉は、彼には珍しく歯切れの悪いものだった。

だからこそ、彼が必死に言葉を探しているということがメアリーにもしっかり伝わってくる。

しかし、どうして突然謝る気になったのだろうか。

首をかしげていると、彼は今にも消え入りそうなほど小さな声でなにかを呟いた。

「……だった」

またもメアリーの耳にはよく聞こえていない。

「あの……」

「俺はっ！　ずっと、ずーっとお前が好きだったんだよ！」

もはややけくそになったような態度。

メアリーからすればその言葉は予想外もいいところだった。口からは無意識のうちに「え？」と声が漏れてしまう。

「……嘘、ですよね？」

「嘘じゃない！」

メアリーの華奢《きゃしゃ》な肩を掴みながら、シリルは叫ぶ。

彼の目は真剣だった。

メアリーは、シリルが本当に、嫌がらせでもからかっているのでもなんでもなく、自分のことをずっと好いてくれていたのだと、理解した。

「ずっと……どう接すればいいか、わからなかった。子どものころから。それで、お前に嫌われるようなことばかり、してしまった」

「どうして、そんな」

「……俺たちはコナハンとフォレスターだ。素直に仲よくしてほしいなんて言える立場じゃない。それに敵対する家の女を好きになっただなんて、知られるわけにはいかないだろう」

それは確かに、間違いない。

それはメアリーにもよくわかる。親族はおろか、使用人にも言える話ではない。

シリルを気になっていると自覚したときのメアリーも、そうだった。

「それでも気持ちをおさえられなくて、少しでも、俺のことを意識してほしかった。……だから、あんなことを繰り返して……」

苦い記憶を思い起こしているのか、シリルの表情が険しくなる。

幼少期とのシリルとの思い出は、メアリーにとっても苦いものだ。

さんざんひどいことをされてきた。泣かされたことも何度もある。

子どもの悪戯《いたずら》だとしても、同じ子どもだったメアリーにとってはひどく傷つく行いだった。

「お前は俺のことを嫌った。当たり前だ。……だから、もう一生この想いが実ることはないと思っていた」

「……はい」

「フォレスター家との結婚を命じられたときも、フローレンスのほうが来るだろうと思っていた。……だが、実際俺が結婚することになったのはお前だった」

メアリーは、時折相槌を打ちながら、シリルの言葉をただ静かに聞いていた。

「子どものころから、結婚するならお前しかいないと思っていた。だが、叶うはずがないというのもわかっていた。それが今さら叶ったところで、お前が俺のことを心底嫌っているままなら意味がない。それでも、本当にお前が俺の妻になったんだと思ったら……自分がおさえられなかった」

「シリル、さま……」

「どうせ嫌われてるなら、もうなにをしてもいいと自棄《やけ》になって、欲望のままにお前を抱いた。いっそ身体目当てだと思われても……いや、身体だけでもお前が欲しかったんだ」

どうしようもないほど、不器用な人だ。メアリーはそう思った。

素直になれない彼らしい行動なのかもしれない。

しかし、それがメアリーの心をどれだけ乱したことか。

「どうして、突然私にそれを？」

シリルの話を聞き終えて、はじめに出たのはそんな言葉だった。

これまでシリルが本音を語ったことなど一度もなかった。それどころか、こうしてまともに話をしてくれたことすらなかったのだ。

……もちろん、メアリーにもシリルとちゃんと向き合う気がなかったせいもあるけれど。

「あのとき、実際に身体目当てなのかとお前に聞かれて、今までしてきたことがどれだけお前を傷つけたか、突きつけられたような気がした。それで一度離れて、頭を冷やそうとした。……だけど、どうしてもお前のことしか考えられなかった。あきらめていたはずのお前と、形だけでも結婚することができたのに、このまま、気持ちを伝えられないまま終わるのは、嫌だった。そう、思ったから」

「……そう、ですか」

気持ちが伝えられないまま終わるのは、誰だって嫌だろう。

それが想う相手なら、なおさら。

ようやくシリルの本心を知って、メアリーは彼の今までの行いに納得していた。……かといって、許せるかどうかはまた別の話だ。

自嘲《じちょう》するように、シリルは再び口を開く。

「お前はもう俺に愛想を尽かしているだろうし、離縁したければ応じる。……もうしばらく先のことにはなるだろうが」

「ですが、私たちの結婚は王命で」

「俺が悪かったことにすればいい。それなら理由なんていくらでもつけられるだろう。どうせ陛下だって、はなからそこまで期待していないはずだ」

そう言ったシリルの声音は、もうなにもかもをあきらめているかのようだった。

なんと声をかけていいかわからず視線をさまよわせていると、メアリーはふと彼が手に持った紙袋に目を留めた。シリルもその視線に気づいたのか、「あぁ」と思い出したように呟き、その紙袋をメアリーのほうに差し出してくる。

「……餞別《せんべつ》だ。いらなければ捨ててくれ」

ぶっきらぼうな言い方だったが、その言葉にメアリーはぱちぱちと瞬きをした。

もしかして、これは――

（……プレゼント？）

メアリーは紙袋を受け取り、中を覗きこむ。

中には、小さな箱が入っていた。

見た目からして、かなり上等なもののように思える。

「……開けても？」

念のためそうたずねると、彼は目を逸らしたまま「……あぁ」とだけ答えた。

小さな箱を取り出し、開ける。

「……きれい」

思わずそう呟いていた。

入っていたのは、美しいルビーがはめこまれたペンダントだった。

高級感はあるがごてごてとした余計な装飾はなく、シンプルながら上品な美しさを感じる。素材も細工も、見ただけでわかる一級品だ。

「……お前に、似合うと、思って」

ペンダントを見つめるメアリーに対して、シリルは今にも消え入りそうなほど小さな声でそう言った。

メアリーはペンダントを箱から取り出し、手に取る。

シルバーの部分も美しく輝いている。メアリーの好きなデザインだ。

「つけてくださらない？」

メアリーの口は自然とそんな言葉を紡いでいた。

シリルは一瞬だけ驚いたような表情を見せたが、すぐにうなずいてペンダントを受け取る。そしてメアリーの背後にまわり、艶《つや》やかな黒髪に触れた。

まるで壊れ物を扱うかのような手つきに、メアリーはくすっと笑う。

（口は乱暴でも、私に触れる手つきはいつも優しかったものね……）

そんなことを思い出しながら、メアリーは彼に身をゆだねた。

しばらく目をつむっていると、シリルが「……つけたぞ」と低い声でささやいた。

メアリーは近くにあった手鏡を手に取り、自身を見つめた。

ルビーはメアリーの目の色とそっくりだった。

シリルの言う通り、あつらえたかのようにそのペンダントはメアリーの肌に馴染み、彼女のもつ艶《あで》やかな雰囲気を際立たせているようだ。

「……嬉しい」

それから、視線をシリルに向けて、メアリーはにっこりと微笑む。

「喜んでもらえたなら、なによりだ」

けれどシリルはぶっきらぼうな態度でそう言った。もしかしたら、メアリーが物につられたとでも思っているのだろうか。

（私が一番嬉しいのは……）

確かに、このペンダントは嬉しかった。

だけど、それ以上に――

「シリル様が、私に本心を話してくださったことが、とても嬉しいの」

メアリーはシリルの瞳を真っ直ぐに見つめた。

「……メアリー」

「確かに、私は今まであなたのことを忌々《いまいま》しいと思っていたし、大嫌いだった。……でも、実のところ結婚してから少しずつ変わっていたのよ」

毎日毎日身体を暴かれるのは、辛くなかったと言えば嘘になる。けれど抱かれるたびに彼の知らなかった一面が見えて。

激しく求められるのも、彼に愛されているからなのかもしれないと思ってしまったら、その可能性を信じたいと思ったのは本心だ。

(それに、コナハン夫人と話していたことも……)

あのときは不可解だった彼の言動が、今ならよくわかる。

……そうか。シリルは本気で、ずっとメアリーが好きだったのか。

「あれだけのことをしておいて、それでもあなたは私の身体を傷つけるようなことだけはしなかったわ。あなたは、私に優しかった。……それにコナハン夫人……いえ、お義母様《かあさま》からも守ってくださったわ」

「それは」

「そりゃあ、いきなり苦手意識をなくすのは無理よ」

「……わかっている」

「だけど、今後ゆっくりと関係を改善することは、できるんじゃないかしら」

ゆっくりと、かみしめるようにメアリーは言う。

幼少期にされたことが、好きだったからと言われたところで、すぐに許せるわけではない。

だが、いがみ合っているだけではなにも解決しないのだ。

嫌いな相手だから、嫌い続けなければいけないと思っていたら、一生その関係は変わらない。

……コナハン家とフォレスター家のように。

だから、メアリーは歩み寄りたいと思った。

そうすることで、なにかが変わるはずだと信じて。

「私、離縁なんてしないわ」

メアリーは凛《りん》とした声でシリルに告げた。

その言葉に、シリルは信じられないというように目を見開く。

「お前、それ……本気で？」

「ええ、本気よ。……ねぇ、ふたりだけのときは、シリルって呼んでもいい？」

「別に、構わないが……」

「ありがとう、シリル」

メアリーにとって、これは関係を改善するための第一歩だった。

ふたりでいるときだけでも、対等に呼び合いたい。

そうすることで、ふたりの間の距離が少しでも近づくような気がして。

そんなことを考えていると、シリルの手がメアリーの頬《ほお》に触れた。その冷たい指先に、メアリーの意識が引き戻される。

「……いいか？」

そうたずねられて、メアリーは少しだけきょとんとした。けれど、その意図に思い至り、人差し指を自身の唇に押しつける。

「口づけは、どうぞ。だけど、それ以上はダメなの。今、月のものが来ているから」

メアリーの言葉に、シリルは一瞬だけ驚いたような目をする。が、すぐに「あぁ」と言って、メアリーの唇に触れるだけの口づけを落とした。

それはとても心地がよくて、酔ってしまいそうだった。

「……終わったら、抱いてもいいけど。でも、少しは避妊してね？」

——まだ、子どもができたら困るもの。

メアリーの言葉の意味をどう受け取ったのか、シリルはぱちぱちと瞬くばかりだった。

第三章　フォレスター伯爵家でのパーティーにて

メアリーがシリルの本心を知ってから、しばしの日が経ち。

あれ以来、シリルはぶっきらぼうながらメアリーに本音で話をしてくれるようになった。

彼に愛されているという実感が徐々に湧きはじめたメアリーだが、最近のシリルは少々愛情が重すぎるようにも思う。

多分、これが世にいう『溺愛《できあい》』とかそういうものなのだろう。

そんなことを、他人事のように考える。

寝台から起き上がり、メアリーは隣で眠るシリルの身体を揺さぶった。

時計の針は朝の七時半を指している。そろそろ起きないといけない。

「シリル」

シリルの身体を揺すりながら、メアリーは声をかける。彼は「……んんっ」と声を上げて身じろぎをしたが、まだ起きる気配はない。

最近知ったことだが、シリルはあまり朝に強くないらしい。

結婚してからは今までメアリーが昼前まで眠っていたため、知る由もなかったことだが。

「シリル。ねぇ、起きて」

そう何度か声をかけ続け、ようやく彼がうっすらと目を開けた。

「もう。今日は寝坊するわけにはいかないんだから」

「……ん」

「今日はフォレスター家に行くのよ。……フローレンスの婚約披露パーティーだもの」

そう、この日はメアリーの妹であるフローレンスの婚約披露の日だ。

「……あと、少し」

なのに、シリルは起きようとしない。

その姿に呆れながら、メアリーは寝台から下りて周囲に散らばった衣服と下着を回収する。

それらを手早く身につけ、シリルの顔を覗きこんだ。

……相変わらず、惚れ惚れするほどに整った顔立ちだ。

そんなことを考えながらも、メアリーはおずおずとシリルの顔に自身の顔を寄せる。

そして――彼の唇に、触れるだけの口づけを落とした。

シリルがもう一度うっすらと目を開ける。

「……起きて」

不満そうにそう伝えると、彼は「はいはい」と軽い返事をして、漆黒の髪をかき上げながら寝台から起き上がる。

こんな朝を迎えるようになって、どのくらいになるだろう。一週間を過ぎるころには、こんな風にシリルを口づけで起こすという行為にメアリーにはあまり抵抗がなくなっていた。

はじめはもちろん、恥ずかしくて仕方がなかったものだ。そんなことを、ふと思い出す。

(というか、普通は逆じゃない?)

メアリーが幼いころに読んだおとぎ話では、男性から女性に目覚めの口づけをするものだった。

唇をとがらせるメアリーに気がついたのか、シリルは彼女の手首をひっぱり、自身のほうに引き寄せる。そのまま、メアリーの唇に自身の唇を重ねてきた。

「んんっ!」

驚いて目を見開く。唇が離れる際に見えたのは……彼の、美しい笑みだった。

「それじゃあ起きるか。今日は準備に時間がかかるらしいからな」

「そうよ」

まったく、昨日からそう言っているじゃないか。それに朝起きるのが辛くなるからと昨夜は行為を拒否したのに、結局言いくるめられて事に及んでしまった。

その結果が、これ。

きっと、今ごろ使用人たちも呆れ果てているはずだ。

「正直、あんまり気乗りはしないが……」

シリルは少しだけ眉を下げた。

確かに、彼からすればフォレスター家はあまり居心地のいい場所ではないだろう。それはメアリーにだってわかっている。

けれど、彼はメアリーの夫だ。

それにこの結婚がフォレスター家とコナハン家の関係修復のためである以上、コナハン家として
フォレスター家に歩み寄ることも必要なのだ。

「けど、メアリーのドレス姿は楽しみにしてる」

彼はすぐにいつも通りの表情に戻り、そんなことを言ってくる。

メアリーの頬《ほお》が熱くなる。彼は最近こういう言葉に抵抗がなくなったのか、素直にメアリーを褒めるようになってきた。しかも、なんのためらいもなく。

そのせいで、メアリーはいつもたじたじになってしまうのだ。

「もう、あんまり期待しないでよ」

今日の主役は、メアリーではなくフローレンスなのだ。

けれど彼は「俺にとっては、いつでもメアリーが一番だから」などと言ってのける。

……その言葉は、メアリーの胸にぐっとくるものがあった。

「……わたしも、その。少しは……、シリルの正装、期待しているわ」

けれど、まだ素直にはなれない。

しどろもどろになりながらもシリルにそれだけ言って、ひとまず軽く着替えようと中扉から私室に入っていく。

そして、その場にへたりこんだ。

(心臓に悪い……!)

なまじ顔立ちが整っているせいで、シリルの言葉のひとつひとつがメアリーをドキドキさせて

くる。

それにいちいち反応していてはいけないとは思うのだが、やたらと甘くささやかれては結局意識してしまう。

もう、完全にメアリーの負けだった。

だというのに、頰《ほお》がにやけるのがおさえられない。

なんだかんだいっても、メアリーも嬉しいのかもしれない。

シリルと、少しずつでも距離を縮められているという現実が。

◇◇◇

それからのメアリーは、忙しない時間を過ごすこととなった。

湯あみをし、ドレスに着替え、化粧をする。

大切な妹のためのパーティーだ。おかしなところがあってはいけない。

「……ふぅ」

二時間以上を費やし、ようやく準備を終えた。

身にまとうドレスは、鮮やかなまでの赤だ。けれど華美になりすぎないように光沢をおさえ、落ち着いた印象の色合いになっている。形はシンプルながら大人っぽい品のあるマーメイドライン。

漆黒色の髪はいつも通り軽く巻いており、大ぶりの花をイメージしたこれまた真っ赤な髪飾りをつけている。靴のヒールは、さほど高くない。

メアリーは女性としては長身の部類に入るため、ヒールの高い靴はあまり好んでいなかった。

まぁ、シリルがかなりの長身なので、高いヒールの靴を履いたところで気にはならないのだろうが。

メアリーが玄関に向かうと、すでにシリルが待っていた。

彼もまた正装に着替えている。といっても派手なものではなく、装飾も少ない、いたってシンプルなものだ。だが、顔立ちもあいまって余計に上品に見える。

「お待たせしました」

シリルに近づき、メアリーは声をかける。彼の視線が一瞬にしてメアリーに注がれた。

頭の先からつま先まで余すところなく見つめられ、メアリーの心臓が大きく音を鳴らす。

もしかして、気に入らなかっただろうか？　それとも、似合っていないだろうか？

不安を抱くメアリーをよそに、彼は「行くぞ」と言って歩き出す。メアリーも慌てて後に続いた。

（……なにか言ってくれてもいいじゃない）

シリルがやたらと早足で歩くので、メアリーはなんとかついていく。

しかし、低いとはいえヒールのある靴は歩きにくく、不意につまずいてしまった。

「……あっ」

疲れがたまっていたせいか、そのまま倒れそうになる。このドレスでは受け身もとれない。

メアリーはぎゅっと目をつむり、衝撃を覚悟した。

だが感じたのは硬い地面ではなく、誰かに抱き留められているような、柔らかい感触。

目を開くと、シリルが慌てた表情でメアリーの身体を抱き留めていた。

「……大丈夫か？」

心配そうな顔でシリルが言う。

メアリーは「……なんとか」と苦笑を浮かべて返事をした。

シリルが抱き留めてくれたおかげで、けがはなくドレスも汚れていない。

「そうか。よかった」

メアリーの無事を確認し、シリルが安心したように息を吐いた。

なんだかむず痒い気持ち思いになりつつ、メアリーはぱちぱちと瞬いた。

彼の顔が——とんでもなく真っ赤だから。

「……シリル？」

ゆっくりと彼の名前を呼ぶと、彼は今にも消え入りそうなほど小さな声で「悪かった」と謝罪の言葉を述べる。

「歩くの、早すぎたよな」

そして口元を押さえながらそう言った。

その様子を見て、メアリーはようやく理解した。

シリルは照れているのだ。

最近の彼はなにかあるとすぐにこうして顔が赤くなる。けれどそんな自分を見せたくないのか、すぐメアリーに背を向けようとするのだ。

「……その、あんまりにも、お前が」

しどろもどろなシリル。結婚当初からは考えられない態度だ。

「私が？」

聞き返されて、彼は意を決したようにメアリーのほうを見た。

美しい茶色の目が、しっかりとこちらを見すえている。

「……お前が……きれい、だったから」

それだけ言うと、シリルはまたもやメアリーから視線を逸らした。

シリルのその態度は、とても可愛い……の、かもしれない。

そう言い切るには、まだシリルへの感情が整理しきれていなかった。

でも、その言葉は素直に嬉しい。

「嬉しいわ、ありがとう」

メアリーはにっこりと微笑んだ。

「……行くぞ」

シリルは口を尖らせると、再び歩きはじめた。今度は、ゆっくりと。

メアリーはシリルの隣を歩き、彼のほうをちらりと見る。

照れくさいのだろう、彼はメアリーとは逆側に顔を向けていた。それでも気になるのか、たびたびメアリーのほうに視線を向ける。

そのたびに、メアリーは彼に笑いかけてみた。

なんというか、反応が面白くて……可愛かったのだ。

ふたりが馬車に乗りこむと御者が扉を閉め、馬車はゆっくりと走り出した。

揺れる馬車の中、メアリーは隣に腰かけるシリルの姿を見つめる。

すると彼は視線に気がついたらしく、プイッとそっぽを向いてしまう。

どうやら、まだ照れているらしい。

メアリーの目に映るシリルは、意地っ張りで、照れ屋で、不器用な人だった。

傲慢《ごうまん》で意地悪なだけだと思っていたのに、その裏側にはこんな可愛いところが隠れていたなんて、メアリーは長い間ずっと、知らなかった。

こんな一面があることを、もっと早くに知っていたら。

それこそ家の確執《かくしつ》なんてなく、ただのメアリーとシリルとして出会えていたら。

「ねぇ、シリル」

突然声をかけると、彼はこちらを向いて「どうした」とたずねる。

「私たちの家……フォレスター家とコナハン家は、どうしていがみ合ってきたのかしら」

今さらの問いかけだ。これまでずっと、理由なんて知らずとも、両家の関係はそういうものなのだと思い続けてきた。

「その理由、あなたは知ってる？」

彼は軽く髪の毛をかいた。

「いきなりだな」

「だって気になるじゃない。こんなにずっと仲が悪いんだから、なにか理由があるはずだわ」

シリルは口元に手を当て、思い出すように視線を動かす。

「俺もよくは知らない。ただ、たいした話じゃなかったはずだ」

彼は続ける。

「フォレスター家とコナハン家は、同じ時期に伯爵という位をたまわった」

「そうね」

「その上、両家ともこの国を守りを任されたときたら、どちらが上だと白黒はっきりつけたくなったんだろうな。こっちのほうが格上だと、お互いなにかにつけて競い合った。そうこうしているうちに、すっかり宿敵として意識し合うようになった……と、その程度のことだったらしい」

「その程度のことで？」

メアリーからすれば、到底理解できない話だ。まさか、そんな小さなプライドのぶつかり合いがここまで長く尾を引いているだなんて。

「貴族の男なんてそんなものだ。特にフォレスター家とコナハン家は気位が高くて喧嘩っ早いからな。そんなだから国の守りを任されたんだろうが」

そう言われると、自分もフォレスター家に生まれた人間として自覚がないわけでもないけれど。

「もっと、なにか大事件でもあったんじゃないかと思ったのに、拍子抜けしちゃった。だって、フォレスター家では小さい子に、『いい子にしていないとコナハンの男が攫《さら》いに来るぞ』なんて言い聞かせるのよ？」

子どものころは恐ろしかった話だけれど、シリルを目の前にして言うと、思わず笑ってしまう。

すると、シリルも思い出したように言った。

「へえ、そっちはそうなのか。コナハン家では……あ、いや」

「シリル？」

メアリーが首をかしげると、彼はなにかを言いあぐねているようだった。

「いや、その」

「どうしたの？」

視線を泳がせる彼に問いかける。

すると、彼は観念したように口を開いた。

「……コナハン家では、『フォレスターの女は男を誑《たぶら》かす魔女だ』と教えられる」

「え？」

そういえば、アグネスもそんな言葉をメアリーにぶつけてきた。

あのときは、ただメアリーを侮辱《ぶじょく》するために適当な悪口を言っているのだと思っていた。

「コナハンの男が攫《さら》いに来る、フォレスターの女は男を誑《たぶら》かす、ね……。まるで、やっぱり昔本当にそういうことがあったみたい」

実際、そんなことがあっただなんて聞いたこともないけれど。

しかしこうなると、誰も理由を知らない原因をさぐるより、今なにをすべきかを考えたほうがいいのかもしれない。

メアリーはシリルに問いかける。

「シリルは、どう思う？」

「どう、って」

「両家の関係が、このままでいいと思っているの？」

ちっぽけな小競り合いからはじまったいさかいは子孫にまで引き継《つ》がれ、いつの間にか深い溝を作ってしまった。

だが、今ならもしかしたら――その溝を埋めることができるのではないか。

メアリーはそんなことを考えはじめていた。

「私たちだけでどうにかできることじゃないかもしれない。だけど変えようとしなければ、なにも変わらないわ」

メアリーがそう言うと、シリルは大きく目を見開いた。

「……確かに俺も、家同士の仲が悪いのは仕方がないことだと諦めて、自分じゃなにも変えようとしてこなかった」

珍しく自嘲《じちょう》するように、シリルは語る。

「そのせいで、俺はずっとお前を傷つけてきた。……本当に、悪かった」

そして申し訳なさそうに眉を下げて、小さく謝罪の言葉を口にした。

言い終わるとすぐに顔を背けて、メアリーを見ようともしない。

それは世間一般に誠実な態度とは言えないけれど、不器用な彼なりに勇気を出した結果なのだろうと、メアリーにはわかった。

それが、シリルという男なのだと。

メアリーは彼の肩に頭を預けた。

「……メアリー」

「少しくらい、いいじゃない」

上目遣いでそう言うと、シリルはなにも言わずに視線を逸らす。その頬《ほお》がまた赤く染まっているのを、メアリーは見逃さなかった。

「……あなたのこと、好きになれるような気がしてきた」

「……そうか」

「まだ、嫌いじゃなくなったってくらいだけどね」

嘘だった。

メアリーの気持ちは確実に、シリルに傾きつつある。

でも、彼のように素直になるはまだできなくて、結局そんな言葉を口にしてしまうのだ。

「それは残念。……おい、あんまりひっつくな」

「嫌なの？」

「……襲《おそ》いたくなるだろ」

メアリーが距離をとろうとするより早く、シリルが唇を奪った。軽く舌を差しこまれただけで、身体の芯《しん》がじんと熱くなってしまう。

（こんなところでっ！）

メアリーの口内を堪能するように、シリルはねっとりと舌をまわす。口蓋を舐《な》め上げ、舌の裏側や付け根をも刺激してくる。

「んぅ……ふぁっ」

くすぐったいような、痺《しび》れるような、なんともいえない愉悦《ゆえつ》が頭を駆けめぐって力が抜けていく。

（……ぁ）

シリルの大きな手が、ドレス越しに胸を掴む。そのままやわやわと愛撫《あいぶ》され、彼に慣らされた身体は次なる快楽を欲しがって熱くなる。

そんなとき。

馬車が停車し、外からにぎやかな声が聞こえてきた。

フォレスター家の屋敷に到着したのだ。

（……ああもう、最悪）

その『最悪』は、シリルにいいようにされたことか、はたまたここまで高められたままお預けを食らったことに関してなのか。

まぁ、その答えはとっくの昔に出ているのだが。

◇◇◇

さすがは西部の二大貴族の片割れというべきか、フォレスター家の屋敷は大きく、その敷地はどこまでも広い。

コナハン家の屋敷は華やかで豪奢《ごうしゃ》な装飾に彩られており、調度品なども流行を意識した、まさしく洗練された貴族という印象だった。

対するフォレスター家は広大な敷地を生かし、木々に囲まれた落ち着きのある空間を形づくっている。とはいえ屋敷の建築はさすが伯爵家だけあり、流行の装飾や華やかな細工こそあまり見られないが、立派な大理石や木目の美しい木材など、質のいい素材を惜《お》しみなく使った大胆な建築が目を楽しませる。

普段は騎士や傭兵といった、無骨な男たちが主に訪れるフォレスター家だが、この日は違う。

新たに跡取り娘となったフローレンスの婚約披露パーティーだからだ。

西部の貴族たちはもちろん、王都の貴族も多く参列している。

フォレスター家の力は、ウィテカー王国においても特別なもの。国王直々《じきじき》に国境の守りを任された家として、武力とともに発言力も有する。

そんなフォレスター家と少しでもお近づきになれれば……という下心をもつ者は少なくない。

来賓たちを一瞥《いちべつ》し、メアリーはホールに入る。

まずは父母を探して周囲を見渡すと、ふたりの姿はすぐに見つかった。

けれどなにやら深刻そうに話し合っており、声をかけていいものかとためらってしまう。

そんなメアリーの背中に温かな手が触れた。

「行ってこい」

シリルが言葉通り、彼女の背中を軽く押したのだ。

一度うなずき、ひらひらと手を振ると、彼はどこかに行ってしまう。自分がいることでメアリーが遠慮しないようにと、配慮してくれたのだろう。

メアリーは心の中でシリルにお礼をして、父と母――フォレスター夫妻のほうに近づいていく。

「お父様、お母様」

「メアリー！」

声をかけると、ふたりの表情がパッと明るくなる。

「まあ素敵なドレス。とっても似合っているわね」

「ありがとう、お母様」

メアリーの装いを見た母は、そう言って褒めてくれた。けれどその表情はどことなく無理をしているように見える。

先ほどの様子から察するに、なにかトラブルでも起きているのだろうか。

「なにか、お困りごとですか？」

もうコナハン家の人間であるメアリーは、この場では部外者だ。それでも目の前で困っている父母の力になりたいと思う気持ちに変わりはない。

「本来ならメアリーにこんなことを話すべきではないんだが……」

困り果てた様子で、父が口を開いた。

「実はフローレンスが、結婚は嫌だと駄々《だだ》をこねているんだ。それにエディ様のほうもあまり乗り気ではないらしい」

「エディ様も？」

「ああ、これは私たちが勝手に決めてしまった婚約だからね。しかしふたりとも自分たちの立場はわかっているはずなんだが、困ったものだ……」

父は露骨《ろこつ》に顔をしかめる。

（フローレンスだって、跡取りになった以上そんなわがままを言うべきではないことは自覚しているはずだわ。なんだかんだ言っても賢い子だもの）

メアリーが知るフローレンスは愛らしく、利口な少女だった。身体が弱いせいでメアリーのように厳しい教育を受けてきたわけではないけれど、器用で呑み込みが早い。

そんなフローレンスが、ここにきてそんな聞き分けのないことを言うはずがない。突然跡取りとなって混乱しているだけで、父と母を困らせるようなわがままを言うわけがないのだ。

……メアリーはそう信じたかった。

（それに、エディ様もエディ様だわ）

メアリーの元婚約者であったエディ。彼は気の弱いところはあるが、真面目で健気な青年だ。

メアリーと婚約していたころは、「いずれフォレスター家の女伯爵となるメアリー様のためならば」となにごとにもひたむきに取り組んでくれた。

フォレスター伯爵家の分家であるロウトン家の生まれである彼にとって、きっとフォレスター家を盛り立てられることは誇《ほこ》らしいことなのだろう。その証拠に、彼はいつも「フォレスター家をメアリー様とともに支えていけるのは、僕にとってなによりの喜びです」などと言っていたのだから。

相手が違うとはいえ、変わらずフォレスター家に婿《むこ》入りできるとなれば彼が喜ばないはずがない。

……と、メアリーはそう思っていたのだが。

彼がフローレンスにどんな感情をもっているかはわからない。だが貴族の結婚とはそのほとんどが当人の感情など関係なく、家同士の結びつきのために行われるものだ。

だから相手にどんな感情をもっていようと、決められた以上は自分の感情を押し殺してでも、粛々《しゅくしゅく》と婚姻を結ぶものだとメアリーは思っていた。

エディも同じ考えだと思っていたのに、その彼がなぜフローレンスとの結婚を厭《いと》うというのだろう。

「それで、当のフローレンスとエディ様は？」

「部屋で話をしているよ。早く納得してくれればいいんだがな……」

父が肩をすくめる。父としては、そうは言っても、いずれふたりともわかってくれるものと思っているのだろう。

けれど、先日母とともにフローレンスが屋敷を訪れたときのことをメアリーは思い出す。

あのときの彼女は、放っておけばなにか取り返しのつかないことをしでかすんじゃないかと思わせるような危うさがあった。

「私、少し様子を見てきてもよろしいでしょうか？」

すると、ふたりは一瞬だけ顔を見合わせたものの「……頼む」と言ってきた。

「メアリーと話せば、ふたりとも少しは考え直してくれるかもしれないわ」

母の言葉を聞いて、メアリーは苦笑を浮かべる。

「わかりました。場所はどちらですか？」

◇◇◇

「フローレンス、エディ様。少々よろしいでしょうか？」

ふたりがいるという応接間の前にたどりつき、その扉をノックする。

すると中から「……お姉様？」という声が聞こえてきた。その声はフローレンスのものだ。

「そうよ」

返事をした途端、応接間の扉が勢いよく開く。

そして素早く手首を捕まれ、なかば無理やり中にひっぱりこまれる。

勢いあまってしりもちをついたメアリーが顔を上げると、そこには目に涙を溜めたフローレンスが立っていた。

「お姉様！」

フローレンスはメアリーに抱きつくと、その胸に顔をうずめながら、ただひたすら「お姉様」と繰り返す。

そんな彼女の背中を撫でながら周囲を見渡すと、気まずそうな表情のエディがソファーに腰かけているのを見つけた。

「メアリー様」

彼はメアリーの姿を見ると、緑色の目を嬉しそうに細める。

「……フローレンス、エディ様。もうじきパーティーがはじまりますわ」

できるかぎり優しげな声音でそう言うと、フローレンスはキッと眼光を鋭くして言った。

「私、エディ様と婚約なんてしません！」

彼女の真っ赤な瞳には強い意思が宿っていた。本気なのだ、とメアリーは悟る。

けれど。

「ダメよ、フローレンス。貴族に生まれた以上、政略結婚はつきものだわ。必要なことなのよ」

少なくともメアリーは父にそう教えられてきた。

フローレンスも同じような教育を受けてきたはずだが、彼女は病弱だったおかげでメアリーほど厳しくは育てられていない。

そのせいで、貴族としての義務をきちんと理解できていないのだろうか。

「嫌よ！　嫌！　エディ様だって私じゃ不満だとおっしゃるもの！」

フローレンスのその言葉を聞いて、メアリーはエディに視線を向けた。

この状況でも変わらずソファーでのんびりとくつろいでいた彼は、静かに「もちろんですよ」と答えた。

……やはり、彼もこの婚約が不満らしい。

「僕の伴侶は、メアリー様ではなくては」

「……なにを、おっしゃっているんですか？」

エディが言い出したことの意味がわからず、メアリーは唖然とした表情で聞き返す。

けれどエディは当然のように、再び信じられない言葉を口にした。

「僕の婚約者はメアリー様、あなただけだと言ったんです」

「それはもう過去の話でしょう。私はもうシリル……様の妻ですよ」

普段のようにシリルと呼んでしまいそうになり、慌てて取り繕う。

だが、エディもフローレンスもそれに関しては特に気にした様子もなく、メアリーに熱い視線を注いでくるだけだった。

「そんなもの、しょせん形だけでしょう？　僕はメアリー様を本気で愛しているのですよ」

一歩一歩、メアリーのほうに近づきながらエディはそんなことを口にする。

「メアリー様は僕の女神なのです。そのあなたが、僕との婚約を解消してコナハンの男と結婚したと聞いて、僕は決意しました」

「……なにを」

「僕がメアリー様をお救いすると。あのコナハンの男の魔の手から、メアリー様をお救いさせていただくのです」

エディはその腕を大きく広げ、熱のこもった声でそう言った。その一連の動作は舞台役者のように大げさで、メアリーはこれが現実だとはとても思えなかった。

フローレンスに視線を向けるものの、彼女もエディと同じ、うっとりとした目でこちらを見ていた。

「エディ様、フローレンス。……なにを、言っているの？」

声が震える。

悪い冗談だと笑い飛ばしたい。嘘だと言ってほしい。

なのに、ふたりはなにも答えてくれなかった。

相変わらずメアリーに熱い視線を注ぎ続けてくるだけ。

「僕がメアリー様をお救いするのです。あなたには穢《けが》れのない女神でいてもらわなくては」

「……そうよ。お姉様は女神様なの」

一体、このふたりはなにを言っているのだろうか？

混乱するメアリーが立ち上がろうとすると、フローレンスに力いっぱい手首を握られ、強引に座らされる。

そしてフローレンスはメアリーの頬《ほお》を包むように手を当てる。その手は、とても冷たかった。

「お姉様。お姉様は、女神様なのよ。あんな男にほだされてはダメなの」

「……フローレンス」

「私だって、お姉様が結婚したのがエディ様なら、まだ祝福していたわ。でもよりにもよってコナハンの男だなんて……」

メアリーに抱きつきながら、フローレンスは言う。

メアリーの本能が危険だと警告を鳴らしていた。

「……はなして」

「嫌よ、離すものですか。……ねえお姉様。結婚したといっても、どうせコナハンの男との関係なんて白いままでしょう？　大丈夫。まだ穢《けが》れのないまっさらなお姉様のまま」

うっとりと呟くフローレンスに、メアリーは内心冷や汗をかく。

……白いままでは、ないのよね。

そんな場違いなことを言える場面ではないのだけれど。

「あのねフローレンス。まずは私の話を聞いてちょうだい」

「なぁに、お姉様？」

可愛らしく首をかしげ、フローレンスが問いかける。

しかし話といっても、なにから話せばいいのかメアリーには検討もつかなかった。

まさか毎日のように濃厚な性生活を送っているなど言えるはずがない。

けれどメアリーにとってのシリルが、もう大嫌いな存在ではなくなっているのだということだけは、フローレンスにきちんと伝えたい。そう思った。

「私と、シリル様は……」

なんとかメアリーが口を開いたとき、いきなり応接間の扉が開いた。かと思うと、メアリーの身体が乱暴に引き上げられる。

「……なにしてる」

かけられたのは乱暴な言葉。ぶっきらぼうな言い方。

けれどなぜか、ひどく安心した。

「シリル、様」

「遅いから来てみれば、これは一体なんの騒ぎだよ」

シリルは呆れたようにメアリーの細い腰を抱き寄せる。

その行動にメアリーは驚いたものの、抵抗はしなかった。

「……ごめんなさい」

「別に、怒っているわけじゃない」

以前と違い、最近はシリルに対して謝ることに抵抗がなくなってきた。

シリルもメアリーが謝ったからといって、それをからかうような幼稚《ようち》なことはもうしない。

そんなふたりの仲睦まじい様子を見て、一番驚いたのはフローレンスだった。彼女は呆然とした表情で「どういう、こと?」と呟く。

それから目の前で起きていることを理解すると、長い髪を振り乱して叫んだ。

「信じない、信じないわっ！　お姉様がコナハンの男と親しくしているなんて……信じないんだからっ！」

目に涙を溜めながら、フローレンスはそう訴《うった》える。

「ねぇ、お姉様、戻ってきて？　また、私と一緒に仲良く暮らしましょう？」

きっと以前のメアリーなら妹のそんな言動を、寂しさゆえの可愛いわがままと許してしまっていただろう。けれど、今は違う。

フローレンスは、異常だ。

メアリーはようやくそのことに気がついた。

いや、そのことを認めざるをえなかった。

「……フローレンス」

「わかったわ、お芝居をしているのね？　お姉様とコナハンの男が愛し合うなんて、絶対にありえないもの！」

自分が見たいものしか見ない。都合の悪いことはからは目を背ける。

フローレンスの言葉の節々からは、そんな思考回路が見えてくるような気がした。

「……ねぇフローレンス。私の話を聞いて」

心の奥底では、もう手遅れなのだろうとわかっていた。今さら妹の考えを変えることはできないのだろうと。

だけど、それでもメアリーはまだ希望を捨てたくなかった。

フローレンスなら自分の言葉に耳を傾けてくれる。そう、思っていたのに。

「嫌よ！　嫌っ！　お姉様は私のお姉様なのっ！　誰にも渡さないわっ！　じゃなきゃなんのために今まであんなことしてきたっていうのよ！」

「……あんなこと？」

その言葉にひっかかるが、フローレンスが答える気配はない。

それに子どものように駄々《だだ》をこね、癇癪《かんしゃく》を起こす彼女を見ていると、これまであんなに愛おしく思っていたはずの妹への気持ちが、急速に冷え切っていく。

「……うるせえな」

呆然とするメアリーの耳に入ったのは、シリルの呆れた声だった。

フローレンスもまた、シリルに視線を向ける。

「メアリーは俺の妻だ。お前のでも、あんたのでもない」

メアリーの身体を自身のほうに抱き寄せながら、シリルはフローレンスとエディに向かって言った。

メアリーの顔が熱くなっていく。

「シリル……」

名前を呼ぶと、彼はメアリーに視線を向ける。それ先ほどの呆れたようなものとはまったく違う。愛情に満ち溢れた視線だった。

「どうせだし、証拠でも見せてやろうか」

そう言って、シリルはメアリーの後頭部を手でおさえ、彼女の顔を自身のほうに向けさせる。

メアリーが口を開こうとするよりも前に――シリルの唇が、メアリーの唇に重なった。

「んんっ⁉」

驚いてメアリーが目を見開くと、シリルの舌がメアリーの唇をたたいてくる。

……どうやら、開けろということらしい。

（こ、こんな、ところでっ！）

さすがに妹と元婚約者の前でそんなことをするのは抵抗があった。むしろ、抵抗しかない。

（だけど、これで納得してくれるなら……）

メアリーはうっすらと唇を開く。すかさずシリルの舌が侵入し、口づけはどんどん深いものに変わっていった。

「んんっ！　んぅ、んぁ……！」

身体からどんどん力が抜け、なんとかシリルの肩にしがみつく。

フローレンスとエディは、きっと呆然としながらこの光景を見つめていることだろう。

これで、ふたりがわかってくれると思ったのか。はたまた、与えられる快感に夢中になってしまったのか、メアリーがシリルを拒絶することはなかった。

しかし、さすがに呼吸が苦しくなりはじめ、メアリーはシリルの胸をたたく。

すると彼はゆっくりとメアリーのことを解放した。

「ほら、これでわかっただろ」

シリルの胸に身体を預けて呼吸を整えていると、頭の上からそんな声が降ってきた。

その声はフローレンスとエディのことを挑発しているかのようで、メアリーは微妙な気持ちになるが、シリルの身体にもたれかかることしかできない。

「……う、そよ。お姉様が、お姉様がそんなことっ！」

フローレンスは呆然とした様子で叫び、応接間を飛び出してしまった。

エディの目はうつろだった。まさに心ここにあらずといった状態だ。

シリルは固まっているエディを一瞥《いちべつ》すると、素知らぬ顔でメアリーの身体に腕をまわす。

そして……メアリーの身体を、いきなり横抱きにした。

「な、なに⁉」

突拍子もないその行動に、メアリーは声を荒らげた。

シリルは特に気にした様子もなく、彼女を抱き上げたまま応接間を出ていってしまう。

メアリーは彼がホールに戻るものだと思っていた。だが、シリルが足を向ける方向は真逆。

もしかしたら道に迷っているのかもと思い、メアリーは「こっちじゃないわよ」と注意する。

「わかってる」

なのに、シリルは当然のようにそう答えるだけだ。

道に迷っているのが恥ずかしくてごまかしている様子もない。

「ま、待って。戻らないと」

「嫌だ」

説得を試みるものの、彼は聞く耳をもたない。

「どうせあの様子じゃ今日の婚約披露は中止だ。だったら、別に参加しなくてもいいよな？」

だからって帰るわけにもいかないでしょう、と抗議をしようとしたメアリーだが、シリルの足は玄関に向かっているわけでもなかった。

まるでなにかを探すように、あちこちを見てまわっている。

「ねえシリル、どこに行くのよ！　玄関も、こっちじゃないわよ……？」

なにかよからぬことを考えているのではと思いシリルの腕の中で暴れるが、「落とされたいのか？」と意地悪くささやかれると、メアリーは黙るしかなかった。

その後、シリルが足を止めたのは人気《ひとけ》のない中庭だった。

屋敷に訪れた人々や使用人たちは皆、ホールに集まっているのだろう。しんと静まり返った中庭には誰もいない。シリルとメアリーの二人だけだ。

なぜこんなところに、とぼんやり考えているメアリーをよそに、シリルは庭の奥にある倉庫に近寄っていく。

この倉庫は庭師が庭の手入れ道具をしまうのに使っているだけだから、基本的にほかの人間は寄りつかない。その庭師も、本日は休暇のはずだ。

シリルは周囲を見まわしてほかに人がいないのを確認すると、ちょうど屋敷のほうからは死角になる場所で、メアリーの身体を下ろした。

「……ね、ねぇ、どうして、こんなところに……？」

不安になってシリルのことを上目遣いに見つめる。すると彼はメアリーの肩を掴み、倉庫の壁に押しつけてきた。

「……お前が」

「私？」

彼の指が、メアリーの唇をゆっくりと撫でる。

「……お前があんまりにも誘うような顔をするから」

それからシリルはメアリーの耳元に唇を寄せ、「我慢できなくなった」とささやいた。

ボンッという音がしそうなくらい、メアリーの顔が一気に熱くなる。

「ま、待って……！　こんな、こんなところでっ⁉」

いくら人気《ひとけ》がないと言ってもここはフォレスター伯爵家の敷地内。それもパーティーの真っ只中だ。道に迷った招待客が迷いこんできてもおかしくはない。

「だめよ、もし誰か来たら……ひゃぁっ！」

耳たぶを甘噛みされ、声が漏れる。その声にはほのかな熱がこもっていた。

口では嫌がりながらも、メアリーも先ほどの口づけでスイッチが入ってしまったらしい。

「声を上げたら、誰か来るかもな」

「や、やめっ！」

メアリーはなんとか抵抗しようとするが、シリルはそんなものはものともせず、真っ赤なドレス越しにその豊満な胸のふくらみに触れてくる。

「んぁっ！」

それだけで、メアリーの口からは艶《いろ》っぽい吐息がこぼれた。

こんなの、ダメなのに。

わかっている。わかっているのに……シリルのことを拒めない。

心から彼を嫌っていたころなら容赦《ようしゃ》なく拒絶できたというのに。むしろ、今は逆に……

(シリルに、もっと触れられたい……)

そんな邪《よこしま》な気持ちが、確かにメアリーの中に芽生えている。

「ほら、口開けろ」

そう命じられ、メアリーは素直に口を開く。

唇を奪われたかと思うとそのまま舌を差しこまれ、その舌がメアリーの舌を捕らえようと口内をうごめく。

「んんっ！　んぅ……！」

舌を絡め取られ、吸われ、唾液を注がれる。

ごくりと喉を鳴らして呑みこむと、シリルの口元が楽しげにゆがんだ。

メアリーは立っていられず、シリルの服をつかむ。構わずにまたシリルはメアリーに口づけてきて、くちゅくちゅという水音が響く。

(だめなのに、こんな……)

口づけられただけなのに、身体が熱い。思わずドレスの中で内ももをすり合わせてしまう。

もっと強い刺激が欲しい——そんなメアリーの欲望を見透かしているかのように、シリルの手がメアリーの豊満な胸をわしづかみにしてきた。

メアリーの豊かな乳房は、シリルの大きな手にも収まりきらない。

ドレス越しにやわやわと揉まれると、身体中を甘い痺《しび》れがめぐる。

シリルに与えられる快楽で頭がいっぱいになって、ここが外だということも次第に気にならなくなりつつある。

「メアリー……」

自身を見下ろすシリルの目が、情欲をはらんでいる。メアリーはごくりと息を呑んだ。

「……ぁ」

身体の奥から官能が湧きあがって、今にも溢れそうだった。

その感覚に恐れを抱き、一歩足を引こうとするものの、壁にぶつかってこれ以上は逃げられない。

シリルの空いていたほうの手が、メアリーの腰をいやらしく撫で上げる。

もう、我慢の限界だった。

(どうか、誰も来ませんように……！)

そう心の中で祈り、メアリーは胸のふくらみをわしづかみにしているシリルの手に、自身の手を重ねた。

「もっと……して？」

気づいたときには、また唇をふさがれていた。

先ほどより乱暴な口づけは、メアリーの情欲を激しく煽《あお》る。

メアリーは目をつむって、与えられる快感を享受した。

「興奮してるのか？」

シリルの指が、メアリーの胸の中心をドレス越しにつまむ。そこはすでに硬く立ち上がっていた。

そのささやかに主張する突起を布越しにぐりぐりと刺激されると、メアリーは背中をのけぞらせて歓《よろこ》んだ。

「……ここ、硬くなってるな」

胸の頂を何度も何度も押しつぶしながら、シリルは声でもまたメアリーの官能を揺さぶってくる。

ここは、外なのに。

まだ、昼間なのに。

いけないとわかっていながら、一度火がついてしまった官能はおさまる気配がない。

無理に押しとどめてしまうこともできるのだろうが、そんなことをしたらこの火はずっと身体の中でくすぶり続けるだろう。

快楽を知ってしまったメアリーに、そんな生殺しは耐えられるわけがなかった。

「……あなたが」

「メアリー？」

「あなたが触るからっ……！　私の身体、どんどんいやらしくなってるの……！」

羞恥心《しゅうちしん》で顔が真っ赤になってるのがわかる。

目に涙を浮かべながら訴《うった》えると、シリルの口元がゆがんだような気がした。

彼はメアリーの首筋に顔をうずめ、そこに口づけていく。

「……やぁ、痕《あと》、ついちゃう……！」

メアリーが身をよじると、彼は「わざとだよ」と開き直ったようなことを言う。

「お前は俺のだって、ちゃんと見せつけてやらないと」

そんな言葉を続けながら、シリルはメアリーの首筋に口づけを落としては肌を吸う。そして徐々に下へおりていくと、鎖骨のくぼみに舌を這《は》わせてくる。

「あっ、ひぁんっ」

メアリーの身体が揺れたのを、シリルは見逃さなかった。

彼女の細い腰をドレス越しに掴む。

「……裾《すそ》、上げろ」

そして、メアリーにそうささやいてきた。

「……わ、わたしが？」

「当たり前だろ」

ためらっていると、シリルの「気持ちよくさせてやるから」という声が耳に届いた。

その声には、不思議なほどに抗えない魔力があって。メアリーは恐る恐るドレスのスカート部分をたぐりよせる。

「これで、いい……？」

下着が見えるか見えないかのきわまでスカートを持ち上げると、彼はにやりとうなずいた。

そして下着越しに、メアリーの秘所に触れる。

そこは、下着越しでもわかるほどにぐっしょりと蜜を垂らしていた。

(うそ、わたし……！)

シリルの指に触れられて、メアリーは自分がこれでもかというほど濡れていることを実感した。

羞恥《しゅうち》で顔を背けるメアリーをよそに、シリルは下着のひもに手をかける。

左右のひもは彼の手によって簡単にほどかれ、支えをなくした下着はあっさりと地面に落ちた。

「よく濡れてるな」

耳元でそうささやかれる。

さらにシリルの指がメアリーのぐっしょりと濡れた蜜口をつつき、蜜壺の浅い部分をなぞる。

そこをこすられるだけで、メアリーの蜜壺からはさらに蜜が溢れ出し、指を伝って彼の手を汚した。

シリルの茶色の目は、ずっとメアリーのことを見つめている。

ひどくいたたまれないのに、視線を逸らすことはできない。

「……腰、揺れてるぞ」

快楽を知ったメアリーの身体は、無意識にもっと強い快楽を求め、小さく揺れていた。

「い、いじわるぅ……！」

「あぁ、そうだな」

メアリーに言われた言葉を肯定するように、シリルはメアリーの浅い部分を軽くなぞり続ける。

間違いなく身体は高められていくのに、決定的な快楽はもらえない。

早く終わらせないと、誰かが来てしまうかもしれないというのに……

そんな想像をすると、なぜかメアリーの蜜壺がぎゅっと締まった。

「今日はよく締まるな。……外だからか？」

そんなわけ、ない。

そう言いたいのに、言えない。

実際、メアリーはいつも以上に感じてしまっていた。

いつも以上に、快楽が欲しいと脳が訴《うった》えている。

「……どうされたい？」

シリルに、意地悪くそう問いかけられる。

シリルは間違いなくメアリーのしてほしいことを理解しているし、メアリーの感じるところも熟知している。

なのに、わざわざメアリーに言わせようとするのだ。

「ひぁんっ！」

「言わないと、ずっとこのままだぞ」

浅いところだけをもどかしくこすられる。こすられるたびに敏感になっていく気がするのに、これがずっと続くだなんて頭がおかしくなりそうだった。

脚ががくがくと震え、スカートを掴む手からも力が抜けてしまいそうだ。

逃げたい。逃げたくない。いや、逃げられない。

脳内にそんな言葉が反復し、メアリーは小さな唇をゆっくりと開いた。

「お、く」

「奥を、どうしてほしい？」

「奥を、いっぱいこすってぇ……！」

メアリーは震える声で自身の欲望を口にした。

快楽の前では、羞恥心《しゅうちしん》などいとも簡単にひざを折ってしまうのだ。

シリルの指が三本、メアリーの奥に突き入れられる。

入るだけ入りきったかと思うと、その指はメアリーの蜜壺のナカでぐっと折り曲げられた。

「んんぅっ！」

そこはメアリーにとって一番弱い場所。触れられるだけでビリビリとした衝撃が脳を痺《しび》れさせるのに、シリルの指は、蜜壺の最も感じるその場所を容赦《ようしゃ》なく攻めてくる。

もう、おかしくなってしまいそうだった。

さんざん焦らされた末に急激に高められた身体は、ささいな刺激で達してしまいそうになる。

「ああっ！」

声を、出してはダメ。

わかっているのに、我慢できない。

メアリーはシリルの肩口に口を押しつける。彼の肩に噛みつき、声を上げないよう必死に耐えた。

「そう。……いい子だ」

シリルはその行為を咎《とが》めず、むしろ喜んでいるようだった。

彼にとっても見つかることは本意ではないのだろう。

「ひぅっ、ぁ、あぁ」

けれど、そんなことよりも。

メアリーの身体はそろそろ限界だった。

脚がガクガクと震え、なんとか持ち上げ続けていたドレスのスカートが手からこぼれ落ちる。ついには立っていられなくなり、シリルの服を握りしめてなんとかしがみつく。

「ふぅ、ぅ、んんーっ！」

全身の官能が激しく揺さぶられ、メアリーはシリルに抱きついたまま達してしまう。

くぐもった悲鳴は、シリルにしか聞こえなかっただろう。

彼はメアリーの蜜壺から指を引き抜く。

「ほら、メアリー」

彼は愛しげにメアリーの名を呼ぶと、今度は、触れるだけの口づけを落とした。何度も何度も角度を変え、ひと通り彼女を堪能すると、シリルの唇がメアリーの唇から離れていく。

「……もう一回、持てるか？」

彼は再び、メアリーにドレスのスカートを持ち上げさせた。

「……ほら、挿《い》れてやるから、待ってろ」

シリルは自身のベルトを外していく。

その手つきは急いでいるようで、彼自身も相当昂っているのだとメアリーは察した。

そのまま彼は素早くトラウザーズの前をくつろげ、熱く滾《たぎ》ったものを取り出す。そして、メアリーの蜜口になんのためらいもなくソレを押しつけてきた。

やけどしそうな熱と、押し当てられる肉の感触。メアリーは思わず息を呑んだ。

「シリ、ル」

期待を忍ばせて彼の名前を呼ぶと、シリルはメアリーの片足を軽く浮かせ、熱杭をメアリーのナカに一気に押しこんだ。

「ひぐぅっ！」

大きく声を上げてしまいそうなところを我慢し、メアリーはシリルの肩にもう一度自身の口を押しつけた。

貫かれた衝撃で、メアリーの手からはスカートが落ちてしまっていた。だがシリルは特に気にした様子もなく、メアリーの蜜壺を突き上げる。

「ぁ、だ、だめ、だめぇ……！」

シリルの胸にすがりつきながら、メアリーは必死に悲鳴をおさえた。

立ったまま貫かれると、いつもとは違う快楽が身体を襲《おそ》う。下から突き上げられる感覚は普段の行為とは違い、身体の奥を串刺しにされるような暴力的な快感だった。

「メアリー……興奮、してるのか？」

意地悪くそう聞かれ、メアリーはシリルの顔をぼうっと見上げる。

そしてうるんだ目で、首をこくんと縦に振った。

「しりる……ぅ」

快楽のせいなのだろう。シリルを呼ぶメアリーの声は、舌っ足らずだった。

蜜壺の最も感じる場所に、シリルの熱杭が当たる。そのたびに、メアリーのナカはぎゅっと締まった。

メアリーはもう、背中をのけぞらせながら与えられる快楽を享受することしかできない。

否定などしない。拒絶もしない。

奥を突かれるのが好き。弱いところをいじめられるのが好き。

敏感な花芯を弄《いじ》られるのが好き。乳首をぐりぐり刺激されるのが好き。

シリルが――好き。

自分がこんなにあさましい身体をしているなんて、知らなかった。

だけどシリルが与えてくれる快感でなければ、きっとこんなに好きにはなれていない。

身体の中を暴れまわるシリルの欲望が、愛おしくてたまらなくなる。

「あぁ、クソッ、締めつけすぎだ……！」

余裕のないシリルの声が、メアリーの上から降ってくる。

その声さえ心地よくて、メアリーは片方の腕をシリルの首にまわした。もう片方の手は、相変わらずシリルの服にすがっている。

「しり、る」

彼にしがみつき、すがりつきながら彼の名前を呼ぶ。メアリーのナカに埋まったシリルの熱杭がさらに大きくなった気がした。

つながった下腹部からは、ぐちゅぐちゅという水音が嫌というほどに聞こえてくる。

その音に、メアリーは正気を失ってしまいそうになっていた。

「ぁあっ！　い、いく、イっちゃう……！」

メアリーは無意識に声を上げていた。先ほど一度達したせいで、身体が敏感に研ぎ澄まされている。それなのにシリルがメアリーの好きな場所ばかり攻めてくるからそのたびにあっけなく絶頂してしまいそうになるのだ。

「そうかよ。……イっても、いいぞ」

その言葉とほぼ同時に、メアリーの最奥を熱杭が貫く。

シリルはメアリーの腰を力強く抱き寄せ、そのまま唇を奪った。

「ぁああっ！　んんっ！」

メアリーの嬌声《きょうせい》をも呑みこむかのような激しい口づけに、メアリーの頭が蕩《とろ》けていく。

そして今までで一番高いところまで、あっという間に登りつめた。

「っつ、メアリー、出す、ぞ……！」

びくびくと震えることしかできない身体をひたすらシリルに揺さぶられていたメアリーの耳に、そんな声が届く。気づけば、蜜壺が熱いモノで満たされる。

もう何度も何度も経験した感覚とはいえ、いまだに慣れることがない。

シリルは最後の一滴まで余すことなくメアリーの最奥に注ぎこむと、つながったまま、また口づけた。

「んぁ、んんっ！」

くちゅくちゅという水音が、下腹部からも口元からも聞こえてくる。

その音にまた昂ってしまったらしい。メアリーの蜜壺に埋まったシリルの肉棒が、硬さを取り戻していた。

彼も外でメアリーとつながっているので、普段よりも興奮しているのだ。

「しりるぅ……」

その感覚を蜜壺で受け止めながら、メアリーはシリルの顔を見つめた。

彼の目には、いまだに情欲の火が灯っている。

シリルはメアリーを抱き寄せ、その柔らかさを堪能するように身体を密着させてくる。

「どうした、メアリー」

「……もういっかい」

シリルの欲に火をつけられたのか、メアリーの身体もまだ彼を求めているらしい。

これまでならば絶対に口にしなかったような言葉を、無意識に紡いでいた。

だが、驚いたように見開かれたシリルの目が視界に入って、ハッと正気を取り戻す。

「クソッ」

けれどメアリーが「やっぱりむり」と撤回するより先に、シリルは腰を動かしていた。

下から突き上げられ、メアリーの脚が一瞬地面と離れる。

「はぁあああんっ！」

いきなりのすさまじい衝撃に、メアリーはついに我慢できず声を上げてしまった。

だが、誰かがやってくる気配はない。

それにほっと安心すると同時に、背徳感が身体を駆けめぐり、そのせいでより強く官能が刺激された。

「しりる、しりるぅっ！」

何度も何度も、舌っ足らずな声でシリルを呼ぶ。

そのたびに彼が反応するものだから、メアリーからすれば面白かった……の、かもしれない。

まぁ、そこまで考える余裕などまったくなかったのだが。

この日、メアリーはシリルと何度も何度も中庭で交わり、絶頂を繰り返した。

そして意識を失うまで、愛され尽くしてしまったのだ。

……次に目覚めたら、普段の屋敷の寝台の上だったことには、さすがに驚きを隠せなかった。

第四章　目を逸らさずに向き合う気持ち

フローレンスとエディの婚約披露パーティーは案の定中止になり、それから早くも二カ月の月日が流れた。

あの日、結局メアリーは体調が悪くなって屋敷に帰ったということにされたらしい。

らしい、というのは、目覚めたら屋敷の寝台の上だったからだ。

そして、今日。

メアリーは実家からの手紙を前に、浮かない表情をしていた。

「メアリー」

不意に背後から声をかけられて振り返る。

そこにはいたのは予想通りというべきか、シリルだ。

時刻は夜の九時。普段のシリルならばまだ仕事をしている時間帯である。怪訝《けげん》な表情を浮かべると、彼は「仕事が早く終わってな」と言ってメアリーの隣に腰を下ろす。

「そう。じゃあ、今日はゆっくりと眠れるのね」

他人事のようにそう返すと、シリルは黙りこんだ。

……こういうときの彼は、大体メアリーと行為に及びたいときである。

ここ二カ月で、メアリーとシリルの関係は驚くほど良好なものに変わっていた。

シリルも彼なりにメアリーの身体を労わろうとしてくれているらしく、強引に抱いてくることは少なくなった。けれどどこんな風に、まるで主人を待つ子犬のような表情を見せてくることは少なくない。そうなると、結局ほだされてしまうのだ。

「……メアリー」

メアリーの腰にシリルの手がまわされる。そのまま彼のほうに引き寄せられて、メアリーはシリルの胸の中に飛びこんだ。

突然の行動に文句を言ってやろうかとシリルの顔を見上げたものの、彼の目は完全に欲情していた。

メアリーの背筋がぞくりと震える。

(どれだけ抱いたら飽きるかしら……?)

毎日のように抱いても、シリルがメアリーに飽きることはない。

彼の手が許可を求めるように太ももを這《は》わせるが、メアリーはパチンとその手をはたく。

「もう、だめだってば。……今日は、いやなの」

メアリーはシリルから身体を離した。

「……どうした？」

「困っていることが、あって」

心配をかけると思って、シリルには黙っていたことだった。

けれどそのせいで彼との行為を拒否してしまうようになるなら、本末転倒だ。観念して、正直に打ち明けることにした

「困ってること？」

メアリーの予想通り、シリルはこの話題に食いついてきた。なんだかんだ、彼はいつもメアリーのことを心配してくれる。

「……フローレンスから、手紙が来るの」

「それは、いいことなんじゃないか？」

シリルは不満そうな響きを隠さずに言った。

確かに前までのメアリーならば、最愛の妹からの手紙だと歓喜していただろう。

けれど彼女の歪《いびつ》さを認識してからというもの、昔のように純粋に妹を大切だとは思えなくなっていた。

「……その」

いや、たとえかつてのメアリーであっても、この状況に置かれればすぐさま考えを改めるだろう。

「……量が」

「量？」

シリルが不思議そうに首をかしげる。

「多すぎるのよ。ひどいときは、一日に十通以上のお手紙を送ってくるの。……中身は全部同じ。私に帰ってきてほしいって」

メアリーは先ほどまでにらめっこをしていた手紙をシリルに見せる。……あまり彼に見せたいものではないのだが。

シリルはメアリーから手紙を受け取ると、便せんに目を通した。

彼の表情がみるみるうちに険しいものへ変わっていく。

「あの子は、私にシリルと別れてほしいんですって」

「……そうか。で？　お前は、どうするつもりだ？」

「前までの私だったら、そういう選択もアリだったでしょうね」

シリルのことを嫌い、フローレンスのことを大切な妹だと無邪気に思っていたころならば。

けれど、今は違う。

「だけど、私、もうシリルのことが嫌いじゃないもの。……それに」

「どうした」

「……私、あの子が……フローレンスが、怖い」

自分でも驚くほど、声が震えていた。

その証拠に、シリルは大きく目を見開いている。

「あの子、最近変なの。……私のことを女神、って。穢《けが》れのない女神様、なんて言うのよ」

メアリーは目を伏せた。

彼女が自分になにを期待しているのか、メアリーにはわからなかった。けれど少なくとも、フローレンスが求める理想のメアリーが、現実のメアリーとかけ離れていることは確かだ。

そのことが、無性に恐ろしかった。

うつむくメアリーの頭に、シリルがポンと手のひらを乗せる。それから、彼は自身の胸にメアリーの頭を預けさせた。

「お前、女神なんかじゃないだろ」

そして、彼はそう言った。

「お前はただの人間だ」

メアリーに言い聞かせるように、シリルは言葉を続ける。

「食欲だってあるし、睡眠欲だってある。性欲だってあるだろ。……俺の前で乱れるメアリーは、ただの可愛らしい女だ」

最後のほうの言葉は、少々いただけない。

メアリーがむっとしていると、彼は「褒めているんだぞ？」ときょとんとした顔で言ってのける。

「……そう」

いまいち褒められたような気にならない。

メアリーはシリルから顔を背けた。

（……でも、シリルの言う通りだわ）

そうだ。自分は女神なんかじゃない。

エディやフローレンスが言う女神とは、ほど遠い存在なのだから。

「じゃあ、寝台に行くか」

「は？」

メアリーが目を瞬かせると、彼はなんでもない風にメアリーの身体を横抱きにする。

「ちょ、だから今日は……！」

「お前がただの人間だってこと、俺がしっかり証明してやるよ」

そう言って妖艶《ようえん》に笑うシリルは悪魔のように美しく、メアリーは結局、声が枯れるまで彼に愛されてしまったのだった。

◇◇◇

フローレンスから並々ならぬ量の手紙が届くようになって、早くも三週間。

この日、シリルは仕事で外に出ており、屋敷にいるのはメアリーと使用人たちだけだった。

特に用事もなく、来客の予定もない。メアリーはのんびりと刺繍《ししゅう》に勤《いそ》しんでいた。

「……ふぅ、こんなものかしら」

気づけば三時間。休憩もせずに刺繍《ししゅう》を続けていたメアリーは、キリのいいところでようやく一息つく。

凝《こ》り性のメアリーは、時間さえあればこうしてひとつのことに集中し続けてしまう癖があった。

最近では使用人たちもそのことをわかってきたらしく、無理に止めようとはしない。

メアリーが針を置き、凝《こ》った肩をまわしていると、急に屋敷の中が慌ただしくなったのに気がついた。

なにごとだろうか。

私室を出ようとしたところで、勢いよく扉が開く。

「ダリア！」

扉を開けたのは、メアリーの専属侍女ダリアだった。

「メアリー様、こちらにいてはいけません。どこか別の場所へ……」

「ちょ、ちょっと！　いきなりどうしたのよ」

息を切らし、焦った様子のダリアにメアリーは戸惑いを隠せない。

「……コナハン夫人がいらっしゃいました」

「お義母様《かあさま》が？」

メアリーは目を丸くする。

今日は来客の予定はないはずだ。

以前シリルにこってり絞られて以来、アグネスは屋敷を訪れる前に手紙を送ってくるようになった。それなのに、また前触れもなくやってきたというのだろうか。

（……どういうこと？）

ダリアは力強くメアリーの両肩を掴んでくる。

「お会いになってはいけません。さあ早く」

「でも」

なにか急用かもしれない。

それに仮にも義母だ。会わずに逃げるなんてことしていいはずがない。

メアリーが渋っていると、ダリアの後ろから「メアリーさん」と呼ぶ声が聞こえた。

アグネスだ。

彼女は恐ろしい形相でメアリーに詰め寄ってくる。ダリアが立ちはだかろうとするのを、メアリーは手で制した。

「お義母様《かあさま》、一体どうなさったのですか？」

そう声をかけると——彼女は手に持っていた扇《おうぎ》を、メアリーに向けて投げつけてきた。

「っつ！」

扇《おうぎ》の角が頬《ほお》をかすめ。メアリーは痛みに顔をしかめる。

頬《ほお》に手を当てると、うっすらと血がにじんでいた。

呆然としていると、ダリアが「メアリー様、大丈夫ですか？」と心配そうに声をかけてくれた。

一体なにが起きているというのだろう。

すでに怒り心頭といった雰囲気のアグネスに対し、メアリーはなんとか話をしようと試みる。

「あの、お義母《かあ》さ」

「あなたに義母《はは》などと呼ばれる筋合いはございません」

アグネスはメアリーの声を遮《さえぎ》り、冷たく言い放つ。もはや取りつく島もないようだ。

（……どうして、お義母様《かあさま》はこんなにも怒っていらっしゃるの？）

メアリーにはアグネスが怒っている理由がわからなかった。

「シリルがあそこまで言うのだから少しは認めてやろうと思ったのに。さすがはフォレスターの娘。やはりあなたも男を誑《たぶら》かす魔女だったということね」

『フォレスターの女は男を誑《たぶら》かす』……それは、以前にも言われた言葉だ。

シリルによれば、コナハン家の人間がフォレスター家の人間を侮辱《ぶじょく》するときの決まり文句。

けれどアグネスは、はじめにこの屋敷を訪れたとき以来、フォレスター家のことを悪く言うようなことはしなくなった。

それなのになぜ今、またこんなことを――

「今すぐ、ここを出ていってちょうだい」

凛《りん》とした声で、アグネスはそう告げてきた。

「……どういうこと、ですか?」

「どういうこと? ふざけないで。理由ならあなたが一番わかっているでしょう?」

そう言われても、わからないものは本当にわからないのだ。

怪訝《けげん》そうな表情をすると、それが余計にアグネスの癪《しゃく》に障ったのだろう。彼女はメアリーの身体を思いきり突き飛ばしてきた。

「メアリー様!」

近くにあった棚にぶつかり、鈍い痛みが身体に走る。

慌てたダリアがメアリーのほうに駆け寄ってきた。

「王命とはいえ、あなたとシリルを結婚させたのはやはり間違いだったわ」

アグネスは大きく息を吐き、メアリーに蔑むような視線を向けながら、信じられないことを口にした。

「――あなた、前の婚約者だった方とつながっているのですって？」

その言葉に、メアリーは目を見開いた。

（……なにを、言って）

元婚約者といえば、エディのことだ。

だが彼とメアリーがつながっているなどありえない。彼との婚約はとっくに解消されているし、シリルとの結婚が決まってからは、会ったのだってフォレスター家でのパーティーだけだ。

「あなたが元婚約者と不貞を働いていると、私たちのもとに匿名の投書があったのです」

「……え？」

「私だって、本当は信じたくなかったわ。だけどあなたのお相手――ロウトン子爵家のご子息が、あなたとの関係を認めたの。自分たちは愛し合う仲だと」

ありえない。

メアリーが愛するのはシリルだけだ。エディと関係をもったことは、婚約していたときだってない。不貞など働いていないし、愛し合うなどもってのほかだ。

「……あの、それはどういう――」

「どういうもこういうもないわよ。あなたの言い分なんて聞きたくありません！」

アグネスはメアリーの腕を掴み、部屋から連れ出そうとする。

「さっさと出ていってちょうだい！　あなたのことを少しでも見直した、私がバカだったわ！」

激昂《げっこう》するアグネスには、もうなにを言っても無駄だ。

彼女がシリルをとても大切にしていることを、メアリーはよくわかっていた。

その大切な息子の妻が不貞を働いていると知れば、当然激怒するだろう。

「……せめて、せめてシリルに――」

「あの子の名前を呼ばないで！　あなたはどれだけシリルを傷つければ気が済むの！」

メアリーが懇願《こんがん》しようとすると、アグネスはさらに怒りを激しくした。

彼女は手を振り上げ――

「きゃあっ！」

悲鳴を上げたのは、メアリーではなくダリアだった。

メアリーを庇《かば》おうと、ふたりの間に割って入ったのだ。

「ダリア！」

(このままじゃまともに話なんてできない。それに私だけじゃなく、使用人たちも被害が及ぶわ。

だったら、言う通りに一度屋敷を出て、お義母様《かあさま》が落ち着くのを待つしかない)

そう判断し、メアリーは「わかりました」と静かに告げた。

「おっしゃる通り出ていきます。だから、使用人に手を出すのはおやめください」

「……っ！」

アグネスは一瞬ハッとしたような表情を浮かべたが、黙りこんだまま厳しい顔でメアリーをにらみつける。

「申し訳ないけど、あとをよろしくね、ダリア。……顔はよく冷やしておくといいわ」

「メアリー様……！」

そしてメアリーは真っ直ぐに背筋を伸ばし、部屋を出ていく。

後ろからダリアの呼ぶ声が聞こえたが、決して振り返りはしなかった。

（……どうして、こんなことになっているの？）

メアリーはシリル以外の男性に身体を許した覚えはないし、親しくした覚えもない。ましてや、エディとなんて絶対にありえない。

それに気になることはもうひとつあった。

（どれだけシリルを傷つければって、一体なんのこと？　……私、シリルのことを傷つけるようなことをした……？）

屋敷を出て、ひとり歩く。

さっきまでは気丈にふるまっていたけれど、ついにこらえきれず涙が溢れ出した。

（……悔しい）

フォレスター家を侮辱《ぶじょく》されたことも、目の前で大切なダリアを傷つけられたことも。けれど、一番は……

（やっぱり、まだ私は信じてもらえていないのね……）

アグネスに、信じてもらえなかったことだろうか。

馬車に乗りこんだメアリーは、御者にフォレスター家へ向かうよう命じた。

アグネスはシリルが帰宅し次第、メアリーと離縁するように言うだろう。

シリルなら、メアリーのことを信じてくれると思う。少なくとも、きちんと話を聞くくらいはしてくれるはずだ。

けれど、シリルは跡取りなのだ。

跡取りを決める権利を持つ両親に逆えば、その立場を失いかねない。

妻ひとりと跡取りの座、天秤にかければどちらが大切なのか。なんだかんだ言いつつも、賢い彼がそれを間違えるわけがない。

（シリルと、少しでも近づけたと思ったのに……）

一体、誰がそんなでたらめを流したのだろう。

犯人を突き止めたいのはやまやまだが、今はまず自分の身を案じなければならない。

ほとぼりが冷めるまでは実家に身を寄せるつもりではあるが、自分を取り巻く状況がどうなっているのか、しっかり把握しなければ。

ガタゴトと走る馬車の中、メアリーは心の中で「どうして」と何度も何度も繰り返した。

アグネスの話には、不可解な部分が多かった。投書の件もだが、なによりエディがメアリーとの関係を認めたというのがそもそもおかしいのだ。

（エディ様が嘘をついていると考えるのが妥当だわ）

エディ自身が匿名の投書でメアリーとエディの不貞をでっちあげ、裏を取りにやってきたアグネスに投書のことは事実だと嘘の情報を吹きこんだ……そう考えればつじつまは合う。

けれど嘘がバレればエディだってただでは済まない。そこまでして、なぜ彼がメアリーのことを陥れる必要があるのだろう。

『僕の伴侶は、メアリー様ではなくては』

脳裏をよぎるのは、あのパーティーで聞いた言葉。

彼が犯人だとしたら、狙いはメアリー自身ということだろうか。

だとしてもやり方がまわりくどいし、第一あれほど女神だなんだと言っていた相手を貶《おとし》めてなんの意味があるのだろう。

彼が嫌っているシリルの評判を落とすのなら、感情としてはわかる。

不貞を働いたとでっちあげるなら、そちらでもよかったはずだ。

なにもメアリーを陥れ、あの屋敷から追い出す必要など——

(……わたしを、追い出す?)

メアリーはその言葉にひっかかりを覚えた。

コナハン家の警備は厳重だ。アグネスのような身内でなければ、面識のない人間や通してはならないとされた人間を、決して通すことはない。

シリルはエディのことをよく思っていない。

とすると、彼が屋敷に近づくことはできないだろう。

それはつまり、屋敷にいるメアリーにも近づけないということ。

だが、メアリーが屋敷を出たら。それも供も連れずひとりだったとしたら。

(……まさかっ！)

もしかしたら、エディの目的は。

その可能性に気がついたとき、馬車が勢いよく止まった。

それから聞こえてきたのは、御者の悲鳴。

(……逃げなくちゃ)

御者のことは心配だが、誰かが襲撃《しゅうげき》してきたのなら、その目的は……メアリーなのだから。

馬車の扉を開き、外に飛び出そうとする。

しかし一歩遅かった。何者かに手首を掴まれ、自由を奪われる。

「んんっ!?」

布かなにかで口をふさがれ、助けを求めることもできない。

メアリーは必死に抵抗しようとする。なのに、なぜか身体からどんどん力が抜けていく。

(なによ、これ……)

意識がもうろうとして、なにも考えられなくなっていく。

(いや、いやっ！)

心の中ではそう叫んでいるのに、口からはただ息が漏れるだけ。

そして抵抗ひとつできないまま何者かに担がれ、別の馬車に乗せられた。

馬車がゆっくりと走りはじめたころ、メアリーは意識を失ってしまった。

「……ようやく戻ってきてくれたのねぇ」

意識を失う直前に、耳元に届いたそんな言葉。

その声は――メアリーのとてもよく知っているものだった。

◇◇◇

「んんっ」

重たい瞼《まぶた》を開き、メアリーは目を覚ました。

視線だけで周囲を見渡すと、ここはボロボロの小屋のような場所だとわかる。

恐る恐る自身の身体に視線を向けると、メアリーの身体は椅子に座らされていた。

手は後ろ手に拘束され、脚はそれぞれ椅子の足に縛りつけられている。

身体にはまったく力が入らなかった。

それなのに、無性に身体の奥が熱い。

(……なに、これ)

見える位置に、犯人の手がかりはない。

わかるのは、自分が何者かに誘拐されたということだけだった。

(……エディさまよね)

メアリーの予想では、メアリーのことを誘拐したのはエディだ。

けれど――意識を失う前に聞こえた声。あの声は、間違いなく女性のものだった。それに――

（それにしても、からだ、あつい……）

まるで熱にうなされたかのような……いや、それよりももっとひどい熱が、身体中でくすぶっていた。

この感覚を、メアリーはよく知っている。シリルにさんざん教えこまれた――官能の火。

（どうしてこんなときに……!?）

それからどれほど時間が経ったのだろうか。気が遠くなりそうなほどに長い時間を、ひとりで過ごしていたように思う。

不意に扉が開く音がした。

そして、『誰か』がメアリーのもとに駆け寄ってくる。その足取りはこの場に似つかわしくないほどに、軽い。

「お姉様」

長い金色の髪を揺らし、可愛らしい赤い瞳でメアリーを覗きこむ少女。

（やっぱり、そうだったのね……）

意識を失う直前に聞こえた声の持ち主。

メアリーが聞き間違えるはずがないのだ。

……ずっと、可愛がってきた実の妹の声を。

口を動かし、言葉を発しようとするが、声が出ない。

視線だけで抗議をしようとすると、フローレンスは可愛らしく笑った。

「可哀想なお姉様。声も出せないのよね。あのね、お姉様。お姉様には特別なお薬を飲んでもらったの。だから、声も出せないし身体も動かせないわ」

フローレンスは楽しそうにそう語る。

「お姉様が悪いのよ？　お姉様が私よりもあの男を選ぶから。お姉様は私とずっと一緒にいてくれなきゃ、ダメじゃない」

真っ赤な瞳を揺らしながら、フローレンスは続ける。

あまりに身勝手すぎる言葉にメアリーがにらみつけようとするものの、表情さえうまく作れない。

ただ力なく、フローレンスを見つめることしかできなかった。

「私、どうやってお姉様のことを攫《さら》おうかずっと考えていたのよ。そうしたら、エディ様がいい案があるっておっしゃったの。だから私、それに乗ることにしたのよ」

くるくるとその場で楽しそうにまわりながら、フローレンスはそんなことを語りだした。

どうやら、ふたりは共犯らしい。ふたりで手を組み、メアリーのことを攫《さら》ったのだ。

元婚約者。たったひとりの妹。

信じて、築き上げてきたもの。なにもかもが壊れていく。

ぽろぽろと涙がこぼれた。

フローレンスは「お姉様、可哀想」とわざとらしく悲しそうな顔をする。

「でも、大丈夫よ。もうしばらくここで大人しくしておいて？　そうしたら、一緒にフォレスター家に帰れるから」

彼らの狙いは、メアリーをしばらく行方不明にすることだろう。

本当に不貞を働いたことにしようとしているのだ。

そうすれば、メアリーはシリルと離縁せざるをえなくなる。

「お姉様。少しだけお話ししましょう？」

フローレンスはメアリーの目の前に座り、上目遣いで見上げてくる。その姿だけ見れば、たいそう愛らしい。

「お姉様の一番はね、私じゃなきゃダメなの」

ゆるゆると首を横に振りながら、フローレンスがそう口にする。

「私、本当は身体なんて弱くないのよ」

（……え？）

フローレンスのその言葉が、うまく理解できない。……彼女は今、なんと言ったのだろうか？

「私、小さなころからずっーとずーっと、身体が弱いふりをしてきたの。どうしてだかわかる？」

彼女は立ち上がり、メアリーの頬《ほお》に手を当てる。

「お姉様の一番になりたかったからよ」

メアリーの頬《ほお》を撫でながら、フローレンスははっきりとゆっくりと、そんな言葉を口にした。

（……どういう、こと？）

言葉が出ない。だけど、しっかりと目でそう訴《うった》える。メアリーの疑問が伝わったのか、彼女はころころと声を上げて笑い出した。

「覚えているかしら？　私が物心がついてはじめて熱を出したときのこと。……お父様もお母様もお忙しくて、私には構ってくださらなかった。でもね、お姉様だけは甲斐甲斐しく看病してくれたの」

そのことは、メアリーもよく覚えている。

高熱を出したフローレンスのことが心配で、メアリーは使用人に交じって、寝る間も惜《お》しんで彼女の看病をした。

「あのとき私は思ったの。病気になれば、みんな私のことを気にかけてくれるって」

（……そんな、ことで？）

「そんなこと、なんてお姉様はおっしゃるでしょうね。……でも、お姉様に私の気持ちはわからない」

残念そうに首を横に振ったかと思うと、フローレンスはメアリーのことをじろりとにらみつけた。

「生まれてからずっと言われてきたわ。お姉様を見習うようにって。でも、お姉様のようにはなれなかった。ずっと比べられてきたの。優秀なお姉様、出来の悪い私」

（……そんな、の）

「だけど気づいたわ、そんなお姉様に大切にしてもらえる私は、すごく特別なんだって。お姉様が、私を特別にしてくれる。お姉様が特別であればあるほど、そんなお姉様に大切にしてもらえる私は誰よりも特別なんだって。そう思ったら、いつしかお姉様は私にとって本当に大切な人になったわ。……私を特別にしてくださる、私の女神様なんだって」

自身の胸に手を当て、フローレンスはうっとりした声音で語り続けていた。

「私はこの世の間違いを正すだけなの。お姉様の一番は、コナハンの男でもエディ様でもない。この私、フローレンス・フォレスター。じゃないと、この世は間違っているから」

メアリーの目から、また涙が溢れる。

(フローレンス……)

最愛だった妹の名前を心の中で呼ぶ。

「だからね、私を一番にしてくれないお姉様なんて、お姉様じゃないの。ねぇ、お姉様──」

──また、私のことを一番にしてくださるわよね？

天使のように可愛らしく、彼女はメアリーに問いかけた。

彼女は本気なのだ。それをメアリーは悟った。

「でも……あの男、きっとまたお姉様のことを奪おうとするわよねぇ」

かと思えば、今度はうつろな瞳でそう呟く。……あの男。それは、シリルのことだろう。

「始末しなくちゃ」

そして、当然のようにフローレンスはそんな言葉を口にする。

(……なに、するの？)

言葉を口に出そうとするのに、声にはならない。ただフローレンスのことを見つめていると、彼女は「そうよ、邪魔者は始末すればいいんだわ」と言って手をパンッとたたいた。

「さすがに不意打ちなら、私でも殺せると思うのよ。お姉様を奪おうとするあの男は、私がちゃぁんと始末するから。待っててね、お姉様」

(……まって)

「さぁて、善は急げだわ！」

フローレンスはそれだけ言うと、軽い足取りで小屋を出ていく。

(いやだ、フローレンス、やめて……！)

心の中でどれだけ懇願《こんがん》しても、フローレンスには届かない。

今の彼女は明らかに正気を失っている。

なんとかしてシリルに危険を知らせたい。なのに、メアリーの身体は少しも動いてくれない。

何度目かの涙が頬《ほお》を伝う。

「……ぃ」

――いや。

そんな言葉さえも、口にすることができなかった。

(……)

フローレンスが出ていってからというもの、メアリーの身体を襲《おそ》うのは激しい渇きだった。

身体中が燃えるように熱くて、それに――下腹部が疼《うず》く。

フローレンスはメアリーに薬を飲ませたと言っていた。声を奪い、身体の自由を奪うものだと。

けれど、この感覚は違う。

(まさかこれって、媚薬――?)

「……は、ぁ」

メアリーの吐息が、徐々に艶《なま》めかしいものに変わっていく。脚をすり合わせたくて仕方がないのに、椅子に固定されているせいで叶わない。そもそも、自由に動かせすらしない。

不意にフローレンスが出ていったほうとは違う扉が開いた。

入ってきた人物は、かつかつと足音を立ててメアリーのほうに歩いてくる。

そして――緑色の瞳が、メアリーの顔を映した。

「メアリー様」

彼はメアリーの名前を呼ぶと、その前に跪く。それから、縛られたメアリーの脚に触れた。

「……!」

たったそれだけ。

たったそれだけなのに、煮えたぎった官能のせいで、メアリーの身体に突き抜けるような快感が走る。

蜜口からはしたなく蜜が垂れているのがわかって、泣きたくなった。

「なんて可愛らしい。……僕のメアリー様」

その人物――エディが、今度はメアリーの脚に頬《ほお》を押しつけた。

メアリーの背筋にはぞくぞくしたものが走る。

「ぁ……」

メアリーの口から、うめくような小さな声が漏れた。

「苦しいですよね、辛いですよね。でも、大丈夫ですよ。この僕がすぐに楽にしてさしあげますから」

メアリーの苦しげな声を聞いて、エディがにっこり笑う。

そして彼はメアリーの内ももに指を這《は》わせた。熱をもったメアリーの肌とは対照的な冷たい指先の感触は、昂った身体に刺激が強すぎる。

メアリーの身体は、ほんの少し触られただけだというのに、もうのぼりつめてしまいそうになっていた。

(いやぁ、なんで)

どうして、エディの手でこんなにも感じさせられているのだろう。

抗議のような視線を彼に向けると、彼は自身の懐《ふところ》からなにかの薬を取り出した。

「種明かし、してほしいですよね。その前に、声だけは戻してさしあげます」

彼はメアリーの口にその薬を放りこむ。ためらいながらもメアリーは薬を飲みこんだ。

少しして、ようやく口から小さな声が出てくれた。

「……ど、うして」

うるんだ目でエディを見つめ、メアリーはそう問う。彼はにっこりと笑っていた。

「メアリー様が飲んだのは、媚薬です」

「……びや、く」

「フローレンス様にはちゃんと、身体と声の自由を奪うお薬だと言いましたよ。それがメインの効果ではないことは、必要ないので黙っていただけです」

悪びれた様子もなく、エディは場違いなほどにこやかな笑みを浮かべている。

（……フローレンスとエディ様は、協力関係ではないの？）

疑問に思っている間に、彼はメアリーの足首に触れ、その靴を脱がせてしまった。その手つきには、まったく迷いがない。

「だってメアリー様に媚薬を飲ませるなんて言ったら、フローレンス様は反対されますから」

エディは淡々とそう言いながら、メアリーの足の指に口を近づけ——そのまま、その指を口に含む。

「ぁ、ああっ！」

たったそれだけなのに、メアリーの身体には強すぎる快楽が走っていた。

下腹部が疼《うず》き、触れてほしいと訴《うった》える。胸の頂もすっかり硬くなって、衣服にこすれるだけで痛いくらいの快楽が弾けた。

「メアリー様の声、可愛らしい」

メアリーの足の指からいったん口を離し、エディはメアリーの目を見つめる。

彼の目は完全に欲情しており、メアリーの背筋に寒気が走った。

「ひぃ、は、はなして……！」

「嫌です」

必死の拒絶も、エディによって切り捨てられる。

彼はおもむろに立ち上がると、どこかに歩き出した。

「僕、もっともっとメアリー様に乱れてほしいです」

そう呟きながら戻ってきた彼の手には、なにやら怪しげな瓶が握られていた。

「これ、香油です。けど、中に媚薬の成分がたっぷり含まれているので、もっと感じちゃいます」

「……や、やだっ！」

これ以上感じさせられたら、身体が壊れてしまう。

メアリーは身をよじって逃げようとした。だが、拘束された身体では、当然逃げることは叶わない。そもそも、身体にこれっぽっちも力が入らない。

「大人しくしていてください。……大丈夫。気持ちよくしてさしあげますから」

必死の抵抗も虚しく、エディはメアリーの衣服越しに香油を垂らしてくる。

香油はねっとりと広がっていき、独特の香りが鼻腔を刺激した。

「ひぃ、ぁ」

「大丈夫です。怖くないですよ」

エディは笑うが、こんなことをされて、怖くないはずがない。

メアリーがどれだけ逃げようとしたところで、どうあがいても逃げられない。

香油がメアリーの白い肌に染み渡り、メアリーの身体がさらに熱を増していく。

（やだぁ……！　こんなの、いやぁ……！）

下腹部が痛いくらいにじくじくと疼《うず》いて、痛いくらいに胸が張る。

蜜はすでにぐっしょりと下着を濡らしており、もはやメアリーの身体は、ひたすらに快楽を求めていた。

香油をかけ終えたエディは、またメアリーの前に跪いた。

「メアリー様。どうか僕を求めてください」

エディはそう言うと、もう一度メアリーの足の指を口に含んだ。

◇◇◇

「ぁ、ああっ！　嫌ぁっ！　やめてぇっ！」

それから、どれほどの時間が経っただろうか。

エディはメアリーの足の指の一本一本を、丹念に舌で舐《な》め上げている。

舌が肌に触れるたび、それだけで軽く達してしまうほどの快楽がメアリーを襲《おそ》った。

（いやぁ、もういやぁああっ……！）

強力すぎる媚薬のせいで、メアリーの身体はどんどん昂り、敏感になる。

脳が正気を失いたいと主張し、口からは飲みこめなかった唾液がこぼれ落ちていた。

「メアリー様。……ほら、僕が欲しいと言ってください」

「……い、やよ」

「さすが、あなたは誰よりも気高い女神様だ」

どうやらエディはメアリーが自ら堕《お》ちてくれるのを待っているらしい。

彼の狙いは、メアリーに快楽をねだらせることなのだ。

メアリーの口から、彼自身を求めてほしい。女神であるメアリーが、みっともなくエディを求める姿を見せてほしいのだと、何度も語られた。

「じゃあ、まだまだ焦らさなくちゃ」

エディはそう呟くと、メアリーの足の指をまた口に含んだ。

メアリーのきれいな脚にずっと触れたかったと言って、彼はその指がふやけそうなほどしゃぶり続ける。

彼の手がふくらはぎを伝い、太ももに伸びる。撫でられているだけなのに、メアリーの身体はそれだけで何度も無理やりの絶頂に連れていかれた。

（……だめ、こんなの、こわれちゃう）

頭がぼんやりするのは、媚薬のせいなのか、イカされ続けたからかもうわからない。

それなのに、意識を失うことだけはできないでいる。

（いやぁ、くるしぃ……！）

身体の奥の疼《うず》きが止まらない。渇きもどんどん強くなり、メアリーは途方もない苦しみに耐えていた。

それでも、エディを求めることはできなかった。

なぜなら――

（シリル……）

もしもの話だ。もしも、ここにいるのがエディではなくシリルだったなら。

メアリーは、迷うこともなく彼に快楽をねだっていただろう。

けれどメアリーはただ快楽におぼれたいのではない。ただ――シリルに与えられる快楽を、求めたいのだ。

あんなにも嫌っていたシリルのことを、こんなにも愛おしく思う日が来るだなんて、いつかの自分は思いもしなかった。

はじめて気持ちを伝えてくれたとき。

はじめてプレゼントをくれたとき。

アグネスから守ってくれようとしたとき。

激しくも優しく抱いてくれた日々。

思い出せば出すほど、彼のことが愛おしくなる。

ひどく傲慢《ごうまん》で、ひどく自分勝手な人。

けれど……そういうところも、好きになってしまったのだ。

（……し、りる）

気づけば、涙がこぼれていた。

「メアリー様。……ほら、ねだって？」

しかし、そんなメアリーの感情をよそに、エディは興奮したようにメアリーの内ももを撫でまわしている。

メアリーの息はさらに荒くなり、ついに頭の中まで媚薬に侵されていく。

もう、早く、楽になりたい。この熱から、解放されたい。

「いや、よ」

だが、どうしても嫌だった。

シリル以外に身体を許すことも、シリル以外に快楽をねだることも。

できるはずがなかった。

「しり、る」

気づけばその名前を口にしていた。ぽろぽろと涙をこぼしながら、ただうわ言のように「シリル」と繰り返す。

「……メアリー様」

「いゃ、しり、る、しりる……！」

シリルじゃないと、彼じゃないと嫌なのだ。

不意にエディが立ち上がる。そして……メアリーのワンピースに手をかけた。

「……どうして、あなたは僕のことを見てくださらないのですか？」

「……ぅ」

「僕のほうがあなたのことを愛しているのに！　あなたのことを、大切にできるというのに！」

エディはそう叫ぶと、メアリーの香油に濡れたワンピースを近くにあった短剣で切り裂いていく。

「メアリー様。……もう、僕は我慢できません。あなたを犯します。穢《けが》れなき女神を僕の手で堕《お》として……そうすれば、あなたは僕のものだ」

「……ち、がう」

「いいえ、あなたは僕のもとに戻ってくるべきなんです。……ああ、きれいだ」

切り裂いたメアリーのワンピースを、エディは中央から左右に開いた。汗に濡れたメアリーの胸元が、エディの眼下にさらされる。

白い肌は熱をもって、ほのかに赤く色づいている。

「下着も、切っちゃいましょうね」

彼はメアリーの胸を覆い隠すシュミーズにも短剣を滑らせた。

それがなにを意味するかわかっていながら、身体は動かず、抵抗する気力さえもうなくなっていた。

（……しりる）

ぼんやりする頭の中、もう一度愛おしい人の名前を呼ぶ。

（しりる、たす、けて……！）

どれだけ助けを求めたところで、彼が来ることはないだろうに。

「じゃあ、そろそろ――」

（いや……！　しりる、たすけて……！）

メアリーの胸を覆い隠す下着に、エディの手がかかろうとした、そのとき。

「メアリー！　ここか⁉」

誰かが、メアリーを呼ぶ声がした。

それは、メアリーが一番聞きたかった人の声。

声の主は、全速力でメアリーのもとに駆けてくる。そして、そばにいたエディを乱暴に殴り飛ばした。

「メアリー！」

彼——シリルが、メアリーを助けに来てくれたのだ。

シリルの髪はいつもよりもずっと乱れていて、衣服は泥まみれ。挙句の果てに水でもかぶったのかというほどの汗をかいている。

まさになりふりかまわず駆けつけたのだということは、誰にだって想像がつく。

「しりる、シリルぅ……！」

メアリーは何度も彼の名前を口にする。シリルは「……よかった」と呟くと、自分が着ていた騎士服の上着を脱いで、あられもない姿のメアリーの身体にかけた。

「ん……」

「大丈夫だ。今ほどいてやるから」

身動きのとれないメアリーを見て、シリルは椅子に縛られていた身体を解放する。

　すると、メアリーは身体に力が入らず、シリルのほうに倒れこんでしまった。彼はそれを嫌がることなく受け止め、優しくメアリーの背中を撫でてくれた。

「ひ、あっ！」

　しかし、メアリーの尋常ではない様子に気づいたのだろう。彼はエディをにらみつけ、いつも以上に低い声でうなるように言った。

「……なにをした」

「嫌だなあ、ちょっと強力な媚薬を飲ませただけですよ。ついでに身体の自由を奪う効果のあるものを、ね」

「……お前っ！」

「大丈夫ですってば。解毒剤さえあれば、すぐに元に戻りますから」

　エディはシリルに殴られた頬《ほお》を押さえながら、しかしどこか余裕そうな様子でシリルを見下ろしている。

　シリルは自身の衣服が濡れるのも構わずメアリーの身体抱きかかえ、横にしてくれた。

「……メアリー？」

「つらいの……たすけてぇ、シリル……っ」

　涙でうるんだ瞳を揺らしながら、メアリーはシリルに助けを求めた。

　彼は「あと少しだけ、我慢してくれ」と、これまでメアリーが聞いたこともないほど優しい声音で答えた。

「……その解毒剤とやらは、どこにある」

エディをにらみつけ、凄《すご》みながらシリルが問いかける。だが、エディは口元をゆがめるばかりだ。

「さぁ？　欲しければ力づくで奪ってください。だけどあまり時間をかけると、メアリー様がどうなるか……」

「……はぁ？」

「メアリー様に飲んでもらった薬に、身体中に振りかけた香油。普通はそれだけしたら、快感が過ぎて頭がおかしくなっちゃいます。最悪の場合、命の危険もあるかも……」

エディはそう言って不気味に笑った。

シリルは露骨《ろこつ》に舌打ちをしたかと思うと、エディの顎に渾身の力をこめた拳をたたきこむ。

そしてあっけなく気絶した彼の衣服のなかをさぐって、一錠の薬を見つけ出した。

「メアリー！」

「……し、りる」

自分の顔を覗きこむシリルを見て、メアリーは微笑もうとした。

もう感覚はほとんどなく、自分の身体が危ない状態であることはわかっていた。

「……どうした」

「だいじょう、ぶ、だから」

せめて、心配だけはかけないように。

メアリーは今にも消え入りそうなほど小さな声でそう伝える。

（……シリル、ごめん……）

頭の中で必死に謝り、メアリーは目を閉じた。

こんなことになってしまった自分の不甲斐なさが、どうしようもなく苦しい。

「メアリー、だめだ、あきらめるな」

どこかで、聞いたことのある声がする。

ちがう、これはシリルの声だ。聞き間違えるはずがない、メアリーの一番好きな人。

「絶対、助けるから」

真剣な声でそう言うシリルの言葉を、けれど、メアリーは昔、違う人から聞いたことがあるような気がした。

今とよく似た、恐怖と――それから、安心。

（そうだわ、あのときの――）

子どものころ、誘拐されたメアリーを助けてくれた男の子。

『メアリー、諦めちゃだめだ』

『ぼくが、絶対助けるから！』

勇敢に、誘拐犯に立ち向かって。メアリーを助けてくれた、初恋の人。

（そっか。……シリル、だったんだ）

ようやく、腑《ふ》に落ちた。

（わたし、あなたに、にども、たすけられたのね……）

薄れていく意識のなかで、ようやくそのことに気づいたのだ。

――わたし、ここで死ぬのかな。

せめて、シリルが後悔せずに死ねるのならば。

それはそれで、いいのかもしれない。

そう、確かに思ってしまった。

◇◇◇

うっすらと目を開ける。

きれいな金色の長い髪がメアリーの視界に入った。

可愛らしい顔がメアリーの顔を覗きこんでくる。

（……ここ、どこ？）

彼女は嬉しそうにメアリーの手を引いていた。

「お姉様。今日は、どこで遊びましょうか？　ダリアもついているし、遠くへ行ってもいいのではないかしら？」

「……ダメよ、フローレンス。今日は家庭教師の方々が来ることになっているじゃない」

ひとりでに、口が動いていた。

まるで、決められたセリフを口に出すかのように。

（そうだわ。これは私とフローレンスの思い出……）

そして、気がつく。

まだ、フローレンスの歪《いびつ》さに気がついていなかったころ。

彼女のことを純粋に可愛がっていたころ。

これは、あのころの記憶が作り出した夢なのだろう。

「私、あの人たち嫌いだわ」

フローレンスは唇を尖らせる。

「……どうして？」

「だって、なんでもかんでもお姉様のことを見習えと言うのだもの。お姉様は、素晴らしい方よ！　……だから、私はお姉様みたいにできないわ。お姉様みたいにはなれない。私はお姉様と違って、特別じゃないんだもの」

そんな妹の言葉を、当時のメアリーはどう受け取っていたのだろうか。おそらく自分を褒めてくれているのだと、そんなことだけを単純に受け取っていたのだと思う。

（もしもこのとき、私と同じじゃなくていいんだと、あなたはあなたのままでも大切な、私の妹なんだと言えていたら……）

フローレンスがおかしくなってしまったきっかけは、きっとこのときだ。

姉のようにうまくできないと責められ、自分の価値を見失ってしまった幼い妹。

けれど、彼女の劣等感に、メアリーは気づいてあげられなかった。

ただただ可愛らしい、守るべき妹だと甘やかすばかりで、彼女に本当に必要なことがなんなのか、考えようともしなかった。

「ねぇ、お姉様」

「どうしたの？」

「――私、お姉様とどこか遠くへ行ってしまいたいわ」

それは一体、どういう意味なのだろうか。

そんなことを思うよりも先に、メアリーの口からは「今日だけよ」というセリフが出てくる。

(違う。あのとき……私たちはこんなこと、言っていないわ)

しかし、そう思っても夢の中のメアリーは、ひとりでに動くだけだ。

フローレンスがメアリーの手を引いて走り出す。

夢の中のメアリーも、それについて走っていく。

(ダメよ。ここでついていってはいけない)

なぜかはわからないが、そんな危機感を抱いた。

メアリーはフローレンスのことを拒絶しようとした。だが、身体は動かない。口も動かない。

(……ダメ、ダメよ。ダメなのよっ！)

気がかりなのは、シリルのことだった。

もしもあの場でメアリーが死んでしまったら……きっと、彼は悲しむ。後悔する。

だから自分は、戻らなければならない。

彼に——まだ、好きだと伝えられていないのだから。

「お姉様、早く行きましょう？」

（いや、いやっ！　わたし、やっぱり……まだ、死にたくないっ！）

そう心の中で叫んだ瞬間、「メアリー様！」と誰かに呼ばれた気がした。

この声は、ダリアのものだ。

「……ダリアっ！」

気づけば、フローレンスの姿は消えていた。

そして……ゆっくりと、夢の世界が消えていく。

周囲が暗い闇に閉ざされて、そして、もう一度ゆっくりと瞼《まぶた》を開けた。

すると、そこは——見覚えのある、寝台の上。

「……メアリー様っ！」

夢の中で聞こえたのと同じ、からからに枯れてしまったダリアの声。

彼女はメアリーが目覚めたことに気がついて、メアリーの身体を、力いっぱい抱きしめてくれた。

「……ダリア」

ダリアは近くに控えていたメイドに「シリル様を、お呼びして！」と素早く指示を出していた。

そのメイドはうなずいて、素早くメアリーの私室を出ていく。

（……身体が重い）

なんとかして起き上がろうとするものの、手足が重くてうまく動かすことができない。

戸惑っていると、ダリアがゆっくりと言った。

「お薬のせいで、まだお身体が動きづらいのだと思います」

それからメアリーを安心させるように微笑む。

「大丈夫ですよ。お薬が抜けきったら、元に戻るとお医者様はおっしゃっていましたから」

「……そう」

ダリアの言葉に返事をして、メアリーは室内を見渡す。その様子を見て、ダリアが涙をこぼした。

「あぁ、メアリー様。よかった、よかったです……！」

「大げさよ」

「あなた様はもう、五日も眠っていらっしゃったのですよ!?」

その言葉に、メアリーもさすがに驚いた。

長い間眠っていたような気はしていたが、まさか五日間も眠っていたなんて。

「ねぇ、ダリア。……私が気を失ってから、どうなったの？」

聞いてはいけないような気は、していた。

けれど、聞かなければならない。

ダリアは目を伏せる。

「……それは、落ち着いてからシリル様がお話しされるかと思います」

それからしばらくすると慌ただしい足音が聞こえて、メアリーの私室の扉がノックもなしに開けられる。

驚いて視線を向けると、そこには息を切らしたシリルがいた。彼は漆黒の髪をかき上げながら、「……メアリー？」と信じられないような表情で名前を読んでくる。

「……はい」

「メアリー！」

彼はメアリーに駆け寄り……その身体を、力いっぱい抱きしめた。

シリルの肩はひどく震えていて、メアリーは、彼がどれだけ心配していたのかを知った。

「……ご心配を、おかけしました」

ゆっくりとそう告げると、彼は顔を上げた。

「……まったくだ。どれだけ心配したと……けど、よかった。メアリーが無事で、よかった……！」

シリルは震えた声で、ひたすらに「よかった」と呟く。

「……シリル。私のこと、そんなに心配したの？」

「当たり前だろ！」

彼は力強く声を発した。

「……怖かった。お前を、失うんじゃないかって」

メアリーの身体を抱きしめながらそう言うシリルに、傲慢《ごうまん》だったころの面影はない。

今となっては、傲慢《ごうまん》なシリルでさえも、好きになってしまっているけれど。

「……手遅れじゃ、なかったのね」

メアリーは重苦しい腕を動かし、シリルの背中に腕をまわす。

「……ねぇ、シリル。聞いて」

「どうした？」

メアリーがそう話しかけると、彼はメアリーに向き直り、真剣な声音で問いかけた。

……そんなに不安そうな顔することないのに。

メアリーは、そんなシリルも好きなのだと感じていた。

(この方は、とても傲慢《ごうまん》。けれど……それ以上に、不器用な方なんだわ)

メアリーはシリルの胸に頬《ほお》を押し当てる。

そして——

「あなたが好き」

そんな言葉を、口にした。

「……は？」

シリルがすっとんきょうな声を上げる。彼のそういうところは、なんとなく面白い。

「……私も、あなたのことが好き」

「……はぁ!?」

メアリーの一世一代の告白を、彼は一体どういう風に受け取ったのだろうか。

彼はうろたえ、メアリーの身体を放してしまう。

それが寂しくて、メアリーは捨てられた子犬のような目でシリルのことを見つめた。だからだろうか、彼はおずおずともう一度メアリーの身体を抱きしめる。

「シリル。……私、気がついたの」

「あ、あぁ」

「エディ様に襲《おそ》われそうになって、あなた以外には触れられたくないって。……だから、私……その。あなたが好き。あなただけが好き、あなたじゃなきゃ、だめみたい」

きっとこんなときに伝える言葉ではないのだろう。

それでも、今伝えたかった。起きて一番に、シリルに気持ちを伝えたかった。

「それに、私……あなたに、二度も助けられていたのね」

「……まさか」

彼の茶色の瞳が、大きく揺れた。

「……子どものころ、誘拐されたことがあるの。でも、そのときのこと、ずっと思い出せなくて。だけどあのとき私を助けてくれたのは、あなただったのね」

ぎゅっと衣服にすがって、メアリーは真っ直ぐにシリルの目を見つめながらそう言った。

思い出したくもない。そう、思っていたあの出来事。

「……俺にとっても、別にいい記憶じゃない。もっと格好よく助けられたらよかったのに、惚れた女の前で情けない姿を見せたことなんて、思い出したくはないからな」

助けてくれたのがシリルだったことは思い出せても、あのとき起きた詳しいことまでは、やはり覚えていない。けれどシリルが事件のことをずっと言わないでいたのは、彼にとっても思い出したくないものがあるからなのだろう。

けれど、メアリーが記憶しているあの日の少年は、とても格好よかった。物語の英雄のように勇敢で、顔も思い出せない彼に、ずっと憧れていたのだ。

もしかしたらメアリーは、あのころから無意識のうちにシリルに恋をしていたのかもしれない。

「ねぇ、シリル。……口づけして？」

これも、今言うべき言葉ではないはずだ。

だけど……どうしても、シリルに触れてほしかった。

「……あぁ」

シリルは泣きそうな顔で微笑んで、メアリーの唇に触れるだけの口づけした。

「……シリル、好きよ」

「……俺も」

それから、ふたりはどちらともなくもう一度唇を重ねた。

第五章　宿敵だと思っていた男に溺愛されています

メアリーがある程度動けるようになったのは、目が覚めてから十日が過ぎたころだった。

とはいっても、まだまだ身体は本調子ではない。

けれど、どうしてもやりたいことがあったため、この日は無理を言ってシリルに連れ出してもらうことにした。

「メアリー様。本当に、大丈夫ですか……？」

「大丈夫よ。シリルだっているもの」

心配性なダリアに笑みを向け、メアリーは自身のゆったりしたワンピースを軽くはたく。

（シリルもダリアも、過保護なのよねぇ……）

少し起き上がってなにかしようとすると、自分がすると言ってメアリーの身体をまた寝台に寝かせる。

昼間はダリアが、夜はシリルがぴったりとメアリーのそばに張りつくので、心はまったく休まらなかった。

まぁ、ふたりともメアリーが大切だから心配してくれているのだとわかるだけに、嬉しくないわけではないのだけれど。

「それに、今日は……」

しかし、ダリアはまあ納得していないようだ。

行き先が行き先だから、それも仕方がないけれど。

「本当に大丈夫よ。……しっかり決別しなくちゃいけないもの」

「……ですが」

「あの子がゆがんでしまったのには、私にも原因があると思うの」

（フローレンス……）

最愛だった妹の名前を心の中で呼んでも、湧きあがるのは虚しさだけ。

「さぁて、シリルのもとに――」

気持ちを切り替えてメアリーが私室の扉を開けたときだった。

「シリル！」と呼ぶ声が玄関から聞こえてくる。

……そういえば、今日はこちらに来るという連絡をもらっていたな。

（お義母様《かあさま》……）

その声は、シリルの母であるコナハン夫人。アグネスの声だった。

あのときのことが頭をよぎり、脚がすくむ。

だが、遅かれ早かれ彼女とは向き合わなければならない。

逃げ出してしまっては――いけないのだ。

（お義母様《かあさま》がどういうご用件でいらっしゃったのかは知らないけれど……）

もしかしたら、まだメアリーの不貞を疑っているのかもしれない。

そう思うと、余計に脚がすくんでしまう。

だが、これからもシリルと生きていくのだと決めた今、義母との関係も良いものにしなければならない。

意を決して、メアリーは足を踏み出した。

アグネスの声は玄関に近づくにつれ、大きくなっていく。そばにはシリルがいるらしく、ふたりでなにか言い争っているらしかった。

「だから！　悪かったと思っているのよ……！」

アグネスだ。一体なんの話だろうと思いながら近づくと、彼女はメアリーに気づき、ぱぁっと顔を明るくした。

「メアリーさん！　……その、少し、お話を……」

しかし、そう言いながら彼女の表情がどんどん沈んでいく。

さらには、アグネスがメアリーに近づことするのを、シリルが阻《はば》んだ。

「母上のせいで、メアリーが危険な目に遭ったことは、おわかりですよね？」

彼は、明らかに怒っていた。そしてメアリーを庇《かば》うように前に立つ。

どうやら、彼はメアリーの味方をしてくれるらしい。

「わ、わかっているわ……！　それでも、きちんと謝りたいのよ。メアリーさんに……」

弱々しい声で、アグネスはそう言う。

彼女のその言葉を聞いて、メアリーはシリルのことを押しのけた。

「……私のこと、信じてくださるのですか？」

その問いかけは、消え入りそうなほどに小さい。

だが、どうやらアグネスにはしっかりと聞こえていたらしい。

「えぇ、シリルにこっぴどく叱られて、私も反省したの。……その、全部私の、勝手な思いこみだったのよね……」

アグネスが目を伏せる。シリルは彼女を疑うような目で見つめていた。

「ごめんなさい。謝って許されることじゃないのはわかっているわ。……だけど、どうしても謝りたくて」

深々と頭を下げるアグネスを見ていると、メアリーの中で彼女のことがどうでもよくなってくる。……もちろん、悪い意味ではない。ただ、彼女を許すか許さないか。それが、どうでもよくなってくるのだ。

「昔、シリルはあなたを助けようとして大けがを負ったわ」

「……そう、だったんですね」

あの事件の結末には続きがあった。それは……メアリーのことを助けたシリルが、大けがをしたということだ。

「私は、シリルのことが大切だった。……嫡男として生まれたというだけじゃない。小さなころは身体が弱くて、よく熱を出す子だったの。だから、なにをするにも心配で……」

目元を拭いながら、アグネスが語る。シリルは、気まずそうに視線を逸らしていた。

「それなのに、誘拐された子を助けて大けがなんてして……しかも、助けたのがフォレスターの娘だというじゃない。そのせいでもしシリルが死んでしまったらと思ったら、恐ろしくて……それで、私はフォレスター家への憎しみを強めてしまった……」

アグネスのその声は、とても弱々しい。メアリーが彼女に手を伸ばそうとしたときだった。

「……メアリー、行くぞ」

シリルがアグネスのことを無視して、屋敷を出ていこうとする。

けれどメアリーは彼の手首を掴んで引き止めた。

そして、アグネスに向き直る。

「お義母様《かあさま》」

「メアリーさん……？」

「確かに……その、お義母様《かあさま》の攻撃は、少々痛かったです」

扇《おうぎ》を投げつけられたり、思いきり手首をつかまれたり。そしてなにより、ダリアを叩いた。それは簡単に許せることではない。けれど今までの両家の因縁や、彼女の気持ちを思えば、理解できないことでは、まぁ、ない。だからといって人を侮辱《ぶじょく》していいわけでもないが。

「ですが、それがシリルを想うがゆえのことというのは、私にもわかりました」

「メアリーさん……」

「……ここは陛下に免じて、お互いなかったことにしましょう」

この結婚は国王が望んだもの。それを利用して、なかったことにしてしまおう。

アグネスは少し表情をゆるめ「……ありがとう」と言った。

「ほらメアリー。気が済んだら行くぞ」

「あっ、待って、シリル……！」

アグネスの言葉を気にした風もなく、シリルはメアリーの手を引いて屋敷から出ていこうとする。

メアリーは最後にアグネスのほうを振り返って軽く会釈をした。彼女も軽く会釈を返してくれる。

きっと、これが――両家の確執《かくしつ》をとりのぞいていく第一歩になるだろうから。

メアリーは、そう信じている。

◇◇◇

それから馬車に乗りこみ、しばらく走らせたあと。

メアリーは目の前に立つ巨大な建物――通称、西の牢獄――を見据えた。

「……ここ、ね」

そんなメアリーを隣で支えながら、シリルは「本当に行くのか？」と問いかけてくる。

本日幾度《いくど》目になるかわからないその質問に苦笑を浮かべものの、メアリーはこくんとうなずいた。

西の牢獄とは、呼び名の通り西部の罪人を捕らえておくための場所である。

「……行くわ」

そう呟き、メアリーはシリルに身体を支えられながら一歩を踏み出した。

「どうぞ」

看守の女性に案内され、連れてこられたのは女性の罪人が捕らえられている棟だった。

おどろおどろしい空気にほんの少し臆《おく》しながらも、メアリーは看守に続いて歩く。

「フローレンス・フォレスターの罪は誘拐幇助《ほうじょ》、それから……殺人未遂です」

そして、彼女は目を伏せてそう教えてくれた。

そう、ここに収監されているのは、フローレンスだ。

どうやらフローレンスは、本気でシリルを殺そうと襲《おそ》いかかったらしい。

けれどメアリーが屋敷を出てから、ダリアがシリルに連絡をし、なにかおかしなことが起きていると伝えてくれていた。そのため、シリルは警備を厳重にしており、フローレンスはすぐに捕まったのだという。彼女には感謝してもしきれない。

「さすがに次期領主様への殺人未遂ともなれば、伯爵令嬢といえどもお咎《とが》めなしとはまいりません」

「……これからどうなるの？」

「北の修道院へ行っていただくことになるかと」

看守は目を伏せたまま、淡々とメアリーの質問に答える。

北の修道院といえば過酷な環境で知られる恐ろしい場所だ。罪を犯した貴族の女性の多くがそこに送られるが、少なくない数の人がそこで命を落としている。

そんな話を聞きながら、メアリーたちは一歩、二歩と地下へ続く階段を下りていく。

階段をくだり終えた先、最も地上から遠い階。

その一番奥の牢に、彼女はいた。

「……フローレンス」

メアリー牢に近づくと、その人物の名前をそっと呼ぶ。

奥から「お、ねえ、さま？」とぼんやりした声が響いた。

「そうよ」

彼女の問いかけに、メアリーは返事をする。

「お姉様！」

その人物——フローレンスはメアリーに向かって一目散に駆けてきた。

長く美しかった髪の毛は肩の上で乱雑に切られ、今の彼女の姿に以前のような愛らしさは感じられない。足首には枷《かせ》がはめられており、身にまとう服はとてもではないが貴族の令嬢が身にまとうようなものではなかった。

「お姉様！　会いに来てくださったのね！　私、とても嬉しいわ！」

場違いなほどに明るい声でそう言うフローレンスには、一種の執念さえも感じられる。

メアリーはもう一度「フローレンス」と彼女の名前を呼んだ。

すると、彼女は不気味なほどに、幸せそうな笑みを浮かべる。

「……あのね、フローレンス」

「なぁに、お姉様？」

「……あなたと会うのは、これが最後なの」

ゆっくりと言い聞かせるように、メアリーはそう告げる。

その言葉を聞いたフローレンスの真っ赤な目には、みるみるうちに涙が溜まっていった。

彼女の涙がこぼれる瞬間を見たくなくて、メアリーは彼女からそっと視線を逸らす。

「どうして？　どうして？　お姉様は、私とずっと一緒でしょう？　私たち、ずっとふたりで幸せな姉妹だったじゃない！」

「あなたが、それを壊したのよ」

フローレンスのその言葉に、思わずメアリーはそう返していた。

フローレンスがゆがんでしまう原因は、メアリーにもあったと思う。

けれど、フローレンスが壊してしまったのだ。

姉と妹という関係を。家族を。メアリーの幸せを壊そうとした。……身勝手すぎる理由で。

「ち、違うわ！　そもそも、その人とエディ様が悪いのよ！」

フローレンスの目が映しているのは、シリルだった。

きっと最後まで、フローレンスはこうして誰かのせいにし続けるのだろう。そそのかしたエディのせい。メアリーを奪ったシリルのせいだ、と。

それもまた、彼女の子どものころからの悪癖だった。それをきちんと叱ってこなかったメアリーや両親にも、責任はきっとある。

けれど。

「私からお姉様を奪うから！　お姉様が私を一番にしてくださらないから……！　お姉様は、私とずっと一緒にいるはずだったのに……！」

「ずっと一緒にって、なに？　あなたは箱庭でも作るつもりだったの？」

自分でも驚くほど冷たい声だった。

「あなたは言ったわよね。『私を一番にしてくれないお姉様なんて、お姉様じゃない』って」

「……お、ねえさま？」

「あなたが言ったのよ。だから私はもう、あなたの姉じゃない。あなたももう、私の妹じゃない。そもそも姉妹だって、ずっと一緒にいられるものじゃないわ。いずれはそれぞれの幸せを求めて、離れなくちゃいけないものよ」

そう言ったメアリーの手は、震えていた。

フローレンスはメアリーに依存していた。それに気がついたのは、今さらのことで。

割れたガラスが元には戻らないように。この関係も、もう粉々に砕け散って、修繕することはできないのだ。

「……さようなら、フローレンス」

――私の、最愛だった妹。

その言葉を最後に、メアリーはフローレンスに背を向けた。

後ろからはフローレンスの耳をつんざくような悲鳴が聞こえてきたが、メアリーは構わず、地上への階段を上がっていったのだった。

◇◇◇

メアリーは地上に戻ると、屋敷へ帰るために馬車に乗りこんだ。

「……ねぇ、シリル」

不意に気になったことを、メアリーは彼に問いかける。

「どうした」

「エディ様は、どうなったの？」

彼はフローレンスのことについては教えてくれたが、エディについてはなにも言わなかった。

彼は顔をしかめたかと思うと「教えたくない」と言ってくる。

「どうして？」

「そりゃあ、メアリーがあいつにも会うとか言いかねないから」

そう言ったシリルの目は、本気だった。シリルはメアリーがエディに会うことを心底嫌がっているのだ。

「……あのね、シリル」

メアリーはシリルの目を見て言った。

「私、女神でも聖人でもないわ。だから、そう簡単に人を許すことなんてできない」

「メアリー」

「だからね、別にエディ様に会いたいと思っているわけではないの。……ただ、きちんとそれ相応の処罰がくだされたか、気になっているだけ」

ゆっくりとシリルの手に自身の手を重ね、メアリーはそう告げた。

すると、彼は苦虫をかみつぶしたような表情を浮かべる。

「あいつは、今、王宮で取り調べを受けている」

「王宮で？」

「ああ。……どうも、例の薬が違法なものだったらしい。王宮の人間がわざわざ取り調べがしたいって言って、連れていった」

「……そう」

あの媚薬の効果は、本当に凄《すさ》まじいものだった。

もしも、メアリーがあのとき我慢できなかったら……。シリルが助けに来るのが、あと少し遅かったら……

考えただけで、今でもぞっとしてしまうほどだ。

「……あの薬の被害者が、もう出ないことを私は祈るわ」

メアリーの口からは自然とそんな言葉がこぼれた。

あの媚薬で理性を溶かされれば、誰彼構わず快楽をねだってしまってもおかしくない。

あんな被害に遭うのは、自分だけで十分だ。

「……そうだな」

メアリーに、シリルは神妙そうな表情でうなずいた。

「……そうだ」

ふと、シリルが真剣な面持ちになる
「なぁに？」

「いろいろと調べたんだ。……両家の因縁のこと」

彼が目を伏せてそう告げる。そういえば、以前そんな話をしたことがある。

二つの家のいがみ合いに、なにか大きな理由があるんじゃないか、と。

メアリーもそれは気になっていた。

「元々フォレスター家とコナハン家はいがみ合う仲だった。……だが、決定的に亀裂が入った出来事があった」

「やっぱり、そうなのね」

シリルが教えてくれたのは、悲しい昔話だった。

それは昔々の話。

あるとき。フォレスター家の令嬢とコナハン家の令息が恋に落ちた。

ふたりは家のことなど関係なく、互いに結ばれることを望んだ。

しかし、仲の悪い両家がそれを許すことはない。

そして、ふたりは駆け落ちを図った。

家のしがらみから解き放たれ、ふたりだけで幸せになろうと誓《ちか》って。

「……だが、駆け落ちの途中でふたりは事故死したらしい」

「え？」

「両家は深く嘆き悲しんだ。そして互いに、その責任を押しつけ合ったのさ。……自分たちが認めてさえいれば、ふたりは命を落とさずに済んだという事実から、目を背けたかったんだろうな」

フォレスター家の女は男を誑《たぶら》かす。コナハン家の男は女性を攫《さら》う。

お互いに相手の家の人間が悪いのだと罪をなすりつけ合って、自分たちの都合のいいように物語を作り上げた。

そして、両家の溝は決定的なものとなった。

（そうだったのね）

やっと知った真実。両家の因縁。

（どうか、そのおふたりがどこかで生まれ変わって幸せになれていますように）

そんな風に考えていると、不意にメアリーの華奢《きゃしゃ》な身体をシリルが抱き寄せた。

「……メアリー」

その声には誘うような響きがあってメアリーの背筋にぞくぞくしたものが走る。

あれ以来、メアリーはシリルと交わっていない。

メアリーではなく、シリルが拒むためだ。

「……もう、我慢できなくなっちゃったのかしら？」

意地悪くそう問いかけると、彼はそっとメアリーから視線を逸らした。

「当たり前、だろ」

そう言った彼の声は、少し拗ねているようだった。

(私の身体を、心配してくれていたのだものね)

メアリーが本調子ではない以上、抱くのはダメだ。

シリルはそう言って、メアリーと交わることを拒否した。

メアリーからすれば、胸を張って大丈夫……とまでは言えないものの、こうして問題なく外出ができるくらいには回復している。

「我慢はもう、おしまい？」

そう言いながらもシリルの腕にその柔らかな胸を押しつけると、彼は呆れたような笑みを浮かべていた。

「お前が、そうやって誘惑してくるから、だな……」

「あら……やっと気づいたの？」

今度はシリルの肩に頭を預け、上目遣いでそう告げる。

……正直なところ、メアリーのほうも我慢の限界だった。

エディに触れられたところが気持ち悪くて、早くシリルの手で上書きしてほしかった……というのも、ある。

「だって、私もそろそろシリルに触れてほしいもの。口づけだけじゃ、足りないわ」

「……あんな目に、遭ったのにか？」

「あんな目に遭ったからよ。……シリルに、あのときの嫌な思い出を忘れさせてほしいの。……ダメ？」

上目遣いのままそう言うと、彼は息を呑んだ。

かと思えば、「クソッ」と声を上げる。

「……わかった。今日の夜、いいか？」

「もちろん。なんだったら、帰ってからすぐにでも」

冗談交じりの会話を交わしながら、メアリーはゆっくりと目をつむる。

すると、シリル優しい口づけが降ってくる。

「シリル……」

触れるだけの口づけは、すぐに終わってしまう。メアリーはシリルの名前を呼んだ。

「どうした」

「……もっと」

そんな一瞬で終わる口づけなんて、したうちに入らない。

彼の目を真っ直ぐに見つめてそう言うと、彼は呆れたような視線を向けてくる。

「今日のお前、本当に誘惑してくるな……」

心なしか、彼が疲れているように見えるのは気のせいだろうか。

「……ひとつだけ、覚えておいてね」

「なんだ」

「私が誘惑するのはシリル……あなただけよ」

真剣にシリルの目を見てそう言うと、彼の顔が一瞬にして真っ赤に染まった。

それからなにを思ったのか、メアリーの額に自身の額をこつんと合わせてくる。

「俺も、こんなにも抱きたいって、愛したいって思うのはメアリーだけだ」

「ふふ、光栄だわ」

こんな会話を交わし合い、どちらともなくもう一度口づける。

ふたりの関係は、きっとまだまだはじまったばかりだ。

◇◇◇

その日の夜。

メアリーは夫婦の寝室にて、ゆらゆらと揺れる灯りをぼんやりと眺めながら、メアリーはシリルを待っていた。

彼を待つ間、実家の母から届いた手紙に目を通す。

結局フォレスター家には跡取りがいなくなってしまった。

そのため、一時的に父の弟の子が跡継《あとつ》ぎになったそうだ。

父によると、いずれはメアリーとシリルの間に生まれた子どもが跡を継《つ》いでくれるといいなぁ、なんて都合のいいことを考えているらしい。

父も母も、まだコナハン家への苦手意識は残っている。だがシリルのことは、彼が二度もメアリーを助けたことで、本気で愛していることを理解し、かなり見直したということだ。

それから幼いころ、誘拐されたメアリーを助けた少年がシリルだと知りつつも、彼がコナハン家の人間であることと、そして大けがをしたシリルを見た当時のメアリーが大きなショックを受けていたことから、父も母もそのことをメアリーに話すまいとしていたのだという。そのことについて、申し訳ないことをした、と。

母からの手紙には、そんなことが書かれていた。

確かに事件のことをもっと早くに知っていれば、メアリーとシリルがあんなにも拗れることはなかったのではと思うが、両親として娘の心を守ろうとしてくれたのだろうということも、よくわかるのだ。

揺れる灯りを見つめ、両親に思いを馳せていると、寝室の扉が開く。そこには、いつも通りラフな格好のシリルが立っていた。

彼はメアリーの姿を見ると、一瞬硬直する。

「……すごい格好だな……」

「あら、こういう私は嫌いかしら？」

そう言って、メアリーは自身の腕を広げてみせる。

今日のナイトドレスは普段のものとは全然違う。

いわゆる閨《ねや》の際に使用される、スケスケのものなのである。色はメアリーの目の色と同じ、鮮やかな赤。

上には下着を身につけていないので、かなり刺激的な装いだった。

「こっちのほうが、あなたが興奮してくれるかと思って」

シリルが寝台に近づいてくるのを見て、メアリーは笑いながらそう言った。

(まぁ、ずっと前から持っていたなんて、死んでも言えないけれど)

シリルが自分の気持ちを不器用にも伝えてくれて、しばらくしたころ。メアリーはこのナイトドレスを購入したのだった。

そんなことを思い出しながら、メアリーはシリルが隣に腰を下ろすのを待つ。

「……お前、バカなのか?」

「あら、私のどこがバカだっていうのよ」

シリルの言葉にムッとして返すと、彼の頰《ほお》は真っ赤に染まっていた。

「……俺は、メアリーだったらどんな格好でも興奮する」

視線を逸らしながら、そんなことを呟くシリル。

今度はメアリーが赤くなる番だった。

「……ちょっと待って。じゃあまさか、昼間から——!?」

そんな野暮なことを言おうとしたメアリーの口をシリルの唇がふさいだ。

「んんっ!」

何度か触れるだけの口づけを繰り返すだけで、メアリーの身体があっという間に熱くなっていく。

うっすらと唇を開くと、シリルの舌が口内に入ってきた。

「んんっ！　んぅ……！」

ほのかにアルコールの味がするのは、シリルが酒を飲んだからだろう。メアリーはシリルの首に腕をまわす。

そのせいで、胸のふくらみをシリルの胸に押しつけるかたちとなった。

その体勢にうろたえたのか、シリルの身体が一瞬だけ震える。

けれどシリルの舌はメアリーの頬《ほお》の内側をつつき、舌の付け根に触れてくる。その舌に自らの舌を絡ませながら、メアリーはうっとりした表情を浮かべた。

そして唇を離すと、ふたりの間に銀色の糸が伝う。

それがナイトドレスに垂れていくのも気にせずに、メアリーは艶《いろ》っぽい視線でシリルを見つめる。

「……シリル」

誘うように名を呼ぶと、彼はメアリーの身体を乱暴に押し倒してくる。

が、勢いの割にはメアリーがけがをしないようにと、しっかりと配慮してくれていた。

「……メアリー」

艶《いろ》っぽく名前を呼ばれ、首筋に顔をうずめられる。

シリルの髪の毛がこそばゆく、メアリーは無意識のうちに彼の漆黒の髪を撫でていた。

同じ色に見えるけれど、その髪の毛は、メアリーのものとは違って手触りが硬い。

「シリルの髪、硬いわね」

すると、彼はメアリーの首筋にちゅっと音を立てて口づけてくる。

時々甘噛みを交えてくるのは、彼なりの抗議なのだろう。

「……痛いわ」

「我慢しろ」

しかし、噛みつかれるのは痛い。

……まぁ、我慢できないほどの痛みではないので、いいのだけれど。

「ねぇ、そんなに痕《あと》をつけて、どうするつもり？」

さすがにつけすぎではないだろうか？

そう思いメアリーがたずねるが、彼は「……別に」としか言ってくれない。

(まぁ、私としても別にいいのだけれど)

正直なところ、しばらく社交の場に顔を出す予定はないので、痕《あと》をつけられて困ることはない。

それなら、こうして彼の独占の証を思う存分つけてもらうのもいいかもしれない。

そう思いなおし、メアリーはシリルから与えられる快楽を享受する。

しばらくそうしていたかと思うと、シリルがメアリーの首筋から顔を離した。それから、ナイトドレスのボタンに手をかける。

「……いいか？」

「いちいち確認しなくても、いいわよ」

顔を背けながらそう言うと、彼は「はいはい」と返事をした。

彼の手が、ナイトドレスのボタンをひとつひとつ丁寧に外していく。

そして前をはだけられると、メアリーの乳房が露わになる。

その豊満なふくらみを堪能するように、シリルはメアリーの胸をわしづかみにし、柔らかく揉んでくる。

「……胸は、大きいほうが好きなの？」

いつも、シリルはメアリーの胸をこうして楽しんでいる気がする。

だからてっきり、胸のこだわりでもあるのだろうかと疑問になっていた。

「……別に、大きさは関係ない」

シリルは視線を逸らしながらそう言うが、その手は相変わらずメアリーの双丘に添えられている。

「お前だったら、なんでもいい。大きくても小さくても、メアリーのだったら好きだ」

その言葉は少々恥ずかしすぎないだろうか？

メアリーが顔に熱を溜めていると、シリルの手がメアリーの胸の頂に触れる。

「ひゃぁっ！」

不意打ちだったので、大きな声を上げてしまった。

「硬くなってるな。……これ、好きか？」

シリルはメアリーの胸の先を指で弄《いじ》りながら、意地悪くもシリルが問いかける。

メアリーは「す、き」と今にも消え入りそうなほど小さな声で返事をする。

（だめ、気持ち、いぃ……！）

その入念な愛撫《あいぶ》に、いつもいつも乱されてきた。

けれど、今日はいつも以上に気持ちがいい。

「……ねぇ、もっと、触って……？」

そして、甘えた声で、そう言った。

「クソッ、本当に、お前は……！」

彼はもう片方の頂に口を近づけ、ぺろりと舐《な》める。

ぬるぬるとした唾液と温かい舌の感触に、メアリーの身体が惚けそうになる。腰を露骨《ろこつ》に大きく揺らすと、彼はメアリーの反応を面白がるかのように、今度は赤く色づいた乳輪を口で覆い、硬くなった先端を舌で弄《いじ》ってくる。

「ぁあああっ！　だ、だめ、それ、だめぇ……！」

片方の先端を指で、もう片方の先端は舌で弄《いじ》られる。

ふたつの異なる刺激に翻弄されて、メアリーの身体はこれでもかというほど強く反応する。

「ぁああっ！」

声を出さないように口に手を押し当てようとした。けれどそんなことは許さないとばかりに、シリルは立ち上がった乳首を甘噛みしてきた。

「ぁあっ！　だ、だめ、だめぇ……！」

「煽《あお》るからこうなるんだよ」

メアリーの必死の抗議もものともせず、シリルはメアリーの胸の頂を丹念にいじめぬく。

そのせいで、下腹部は疼《うず》いて仕方がない。

無意識のうちに腰が揺れる。

「……もう、そっちも触ってほしいのか？」

それに目ざとく気づいたシリルが問いかける。

「……そ、うよ」

「そうか」

メアリーの肯定に、シリルはの反応はそっけない。だが秘所を隠す下着のひもに手をかけると、するりとほどいていく。

そのまま布地をはずすと、メアリーの蜜口に指を押し当てた。

「もうぐしょぐしょだな。……慣らさなくても入りそうだ」

メアリーの羞恥心《しゅうちしん》を煽《あお》るような言葉を口にし、わざと水音を立てながら入り口をこする。

多分、それはメアリーの誘惑に対するシリルなりの仕返しなのだろう。

「……シリルの、せい、だからっ！」

けれど、メアリーだってそれくらいで負けるようなやわな精神は持ち合わせていない。

シリルの目をしっかりと見つめて口を開いた。

「あなたが、いっぱい触るから！　私の身体、こんなにいやらしくなっちゃったの……！」

「……そうかよ」

「だから、ちゃんと責任とってちょうだいよ！」

メアリーが言葉を言い終えるやいなや、シリルはメアリーの蜜壺の奥まで指を挿《さ》しこむ。

そして、彼女の弱点をめざし、ナカで指を折り曲げる。

そこを攻められると、メアリーはひときわ大きな嬌声《きょうせい》を上げることしかできない。

「んあぁあぁっ！」

「取るに決まってるだろ。……お前は、俺をなんだと思ってる」

「な、なにってぇ……！」

答えようにも、シリルの指がメアリーのいいところばかり触れてくるから。

だから、メアリーの口からはそれ以上の言葉が出てこない。

「んんっぁ！　ぁ、ああっ！」

下腹部から聞こえてくる水音は、どんどん大きくなる。

しまいには寝室中に響き渡るのではないかと錯覚するほどで、メアリーの中に眠る官能がさらに熱をもつ。

「……気持ち、いぃ」

「そうか」

ボソッと呟いた言葉にも、シリルはしっかりと反応してくれる。

そんな彼が愛おしくて、メアリーの心がぽかぽかと温かくなっていった。

「じゃあ、もっと気持ちよくしてやる」

シリルはそう言うと、メアリーの花芯にも指を這《は》わせはじめた。

それから――蜜壺に指を挿《さ》しこんだまま、花芯も同時に弄《いじ》ってくる。

「ぁあぁっ……！　だ、だめ、いっしょにしちゃぁ、だめぇ……！」

身体中がぞくぞくして、戻れなくなりそうだ。

メアリーは首を横に振る。けれどシリルは「さっさとイケ」と命令してきた。

その命令が、あんなにも忌々《いまいま》しかったのに。今では愛おしくて仕方がない。

低く囁くシリルの声が好きだ。たまらない。

「……ぁ、あっ！　い、いっちゃ、イっちゃう……！」

ぐちゅぐちゅという水音と、メアリーの嬌声《きょうせい》。

それだけが響く寝室で、メアリーは蜜壺をぎゅうっと締めつけながら達してしまった。

四肢をシーツの上に投げ出すと、心地よい疲労感がメアリーを包んでいく。

（……まだ）

達した後の独特の感覚を味わいながら、メアリーはシリルの茶色の目を見つめる。

彼のその情欲を宿したような目が愛おしくて、メアリーは恐る恐る彼に手を伸ばした。

「……メアリー？」

「挿《い》れ、て？」

そのせいなのだろうか。メアリーの口は自然とそんな言葉を紡いでいた。

「早く、シリルとひとつになりたいの……」

うるんだ目でそう訴《うった》えると、シリルが大きく息を呑む。

そして、早急な手つきで衣服を脱ぎはじめた。

「……お前、本当に人を煽《あお》るのが好きだな……」

衣服を脱ぎながら、彼はそんな言葉をこぼす。

メアリーはふんわりと笑った。

「シリルにだけ、よ。ほかの人には、絶対にこんなこと言わないわ」

呼吸を整えながら、メアリーがそう言う。

しばらくして蜜口に熱いモノが押しつけられた。

「……メアリー」

シリルの口がメアリーの名前をゆっくりと、かみしめるように紡ぐ。

愛おしさをこめてうなずくと――シリルの昂った熱杭がメアリーのナカに挿《はい》ってくる。

「んんっ！」

指よりもずっと熱くて太いソレは、何度受け入れてもなかなか慣れてくれない。

けれど、この感覚がどうしようもないほどに好きだ。

「シリル……ッ！」

メアリーはたまらず、彼の名前を呼ぶ。腹の奥に埋めこまれた杭が、大きくなったような気がした。

シリルはゆっくりと腰を動かしていく。メアリーの身体を揺さぶりながら、彼女のすべてを堪能するかのようにじっくりと。

「ぁあっ！　んぅ……！」

「……気持ちいいか？」

意地悪くそう問いかけられ、メアリーはうるんだ目をシリルに向けた。

「気持ち、いい」

そう言った声は、自分自身でも驚くほどに蕩《とろ》けていた。

実際にシリルの欲望は、メアリーの感じるところばかりに触れてくる。

彼女の身体を知り尽くしたシリルにとって、メアリーの感じるところなど手に取るようにわかるのだ。そして的確に官能を引き出すべく、ゆるゆると腰を動かす。

「しりる
「……どうした」

「て、つないで？」

甘えたようにそう言ってもう一度彼に手を伸ばすと、その手をシリルが掴んでくれた。そのまま指を絡め、シーツの上に縫《ぬ》いつけられる。

「お前、どうしようもないくらいに可愛いな」

メアリーが快楽に蕩《とろ》けていると、そんな声が降ってくる。

いつも以上に幸せを感じた。

それに、痺《しび》れるような快感も。

それはきっと、シリルにも伝わったのだろう。

「……お前、言葉にも反応するのか？」

「わかん、ないぃ……！」

「そうか」

メアリーにとって、もはやシリルから与えられるものすべてが快楽だった。

「し、りる。しりるぅ！」

舌っ足らずな声でシリルの名を呼び、彼の茶色の目を見つめる。

その目があまりにも激しい情欲を宿しているものだからから、メアリーの心がきゅんとする。

もうこれ以上ないほど感じさせられているのに、彼はメアリーとつないでいないほうの手で、メアリーの胸の頂を弄《いじ》ってきた。

メアリーの蜜壺がぎゅっと締まる。

「あぁああっ、それ、そんなの、だめぇ……！」

同時に弄《いじ》るなんて、ずるい。

首を横にぶんぶんと振るものの、彼は容赦《ようしゃ》ない。

「今までさんざん煽《あお》ってきた仕返しだ」

そう言って、愉快そうに口元をゆがめる。

「あれだけ煽《あお》っておいて、一回で済むと思うなよ」

「わ、かってる、わよ！」

「へぇ」

見下ろしてくるシリルの目に、さらなる情欲がこもった。

メアリーの胸が、さらにきゅんとする。

(私だって久々だから……もっと、つながっていたいのよ)

まぁ、そんなこと絶対に口には出さないが。

心の中ではそう思いながら、メアリーは喘《あえ》ぐ。

その後、シリルがメアリーのナカで達したのを感じ取り、メアリーは口づけをねだった。

「んんっ」

貪《むさぼ》るような口づけに、メアリーの頭はさらに蕩《とろ》けていく。

「……メアリー、好きだ」

だから、その言葉は——反則だった。

「ば、かぁっ！」

こんなときに好きだなんて言われたら、どうしようもないほどに幸せを感じてしまう。

メアリーは顔を真っ赤にしたまま、シリルに微笑みかける。

「私も、あなたのことがどうしようもないほど……好きよ」

メアリーの口は確かにそんな言葉を紡いだ。

この日、ふたりは何度も何度も交わった。

メアリーが翌朝に起きることができなかったのは……まぁ、予想通りだ。

◇◇◇

それから二年。シリルとメアリーの間に第一子が誕生した。

息子はジャスパーと名づけられ、メアリーはジャスパーのことをたいそう可愛がった。

「ふふっ、ジャスパー。ほら、お父様よ。見えるかしら？」

生後半年になったジャスパーを抱きかかえ、この日メアリーは騎士団の訓練場にいた。

ここで訓練をしていたころが、もうずっと昔のようでなつかしい。

（……ここにいたころは、こんなことになるなんて思いもしなかったわね）

まさか、シリルとこんなにも良好な夫婦関係を築き、可愛い息子まで授かるなんて。

そう思いながらメアリーはジャスパーに目を向ける。

ジャスパーはメアリーの気持ちなど知る由もなく、うとうとしていた。

「見て、ダリア。……ジャスパーったら、眠そう」

「遠出ですから、お疲れなのかと思います」

メアリーとジャスパーに日傘をさすダリアにそう声をかけ、メアリーはふんわりと笑った。

少し先では騎士団に所属する騎士たちが、自主練を行っているらしい。

その中心にはシリルがおり、メアリーは遠目から彼のことを見つめた。

あらかじめ、今日はジャスパーを連れて見学に行くとは言っておいたが、時間までは伝えていない。

来ていると知れば、驚くだろう。

「それにしても、ジャスパー様はメアリー様のことが大好きですねぇ」

ダリアが不意にジャスパーのことを見つめながら、そうささやく。

ジャスパーは母であるメアリーのことが大好きである。メアリーの抱っこが一番落ち着くらしく、ほかの人間ではすぐにぐずってしまう。それゆえに大変な育児ではあるものの、周囲の人たちが助けてくれるのでなんとかやっていけているのだ。

「そうねぇ……。けれど、シリルでもぐずるのはちょっと問題かも。いずれはお父様にもなついてくれるといいのだけれど」

ころころと笑いながらメアリーとダリアがそんな風に会話をしていると、遠くから誰かが駆けてくる。

シリルだ。

「あら、シリル」

笑顔で手を振ると、彼は呆れたような視線をメアリーに注いできた。

「こんな早い時間に来たのか」

「ええ、この後お義母様《かあさま》とお茶をすることになっているの。ジャスパーのお顔が見たいのですって」

「……ぐずるのにか？」

「シリルだってぐずるけど、ジャスパーのことが可愛いでしょう？　それと一緒よ」

うとうととするジャスパーに「ねぇ？」と笑いかける。

ジャスパーはぼんやりしながらメアリーの顔を見上げた。

こうしてみると、本当にシリルにそっくりだなと思う。

きっと将来は――素敵な男性になるのだろう。

「……俺は、そこまで」

「あら、あなたがいつもこっそりジャスパーに構っていること、私は知っているわよ」

シリルの言葉にメアリーはそう返す。

父親になっても、彼の照れ隠し癖は変わらないようだ。

メアリーはシリルに笑みを向ける。

「……お前はジャスパーに甘すぎるんだ」

シリルがむっとした表情で口を尖らせる。

メアリーは「とっても可愛らしいんだから、当たり前だわ」と言って、またジャスパーに
「ね？」と笑いかけた。

「シリルだって、もしも娘が生まれたらきっとでれでれよ」

「……どうだかな」

そんな会話を交わしつつ、どちらともなく笑い合う。

◇◇◇

いつまで経っても妻を溺愛する当主シリルと、軽口をたたきながらもそんな彼が大好きな夫人メアリー。

ふたりはウィテカー王国でも有名な、仲睦まじい夫婦となった。

こうして宿敵同士だったふたりは幸せな家庭を築き、長く続いたフォレスター家とコナハン家の確執《かくしつ》は……いつしか、消えていったのだった。

この作品に対する皆様のご意見・ご感想をお待ちしております。

おハガキ・お手紙は以下の宛先にお送りください。

【宛先】

〒150-6008 東京都渋谷区恵比寿4-20-3 恵比寿ガーデンプレイスタワー 8F
（株）アルファポリス　書籍感想係

メールフォームでのご意見・ご感想は右のＱＲコードから、
あるいは以下のワードで検索をかけてください。

アルファポリス　書籍の感想　検索

ご感想はこちらから

本書は、Webサイト「アルファポリス」(https://www.alphapolis.co.jp/)に掲載されていたものを、改題・改稿・加筆のうえ書籍化したものです。

大嫌《だいきら》いな次期騎士団長《じききしだんちょう》に嫁《とつ》いだら、
激《はげ》しすぎる初夜《しょや》が待《ま》っていました

扇レンナ（おうぎ れんな）

2023年 9月 25日初版発行

編集－渡邉和音・森 順子
編集長－倉持真理
発行者－梶本雄介
発行所－株式会社アルファポリス
〒150-6008 東京都渋谷区恵比寿4-20-3 恵比寿ガーデンプレイスタワー8F
TEL 03-6277-1601（営業）　03-6277-1602（編集）
URL https://www.alphapolis.co.jp/
発売元－株式会社星雲社（共同出版社・流通責任出版社）
〒112-0005 東京都文京区水道1-3-30
TEL 03-3868-3275
装丁イラスト－いとすぎ常
装丁デザイン－AFTERGLOW
（レーベルフォーマットデザイン―團 夢見（imagejack））
印刷－中央精版印刷株式会社

価格はカバーに表示されてあります。

落丁乱丁の場合はアルファポリスまでご連絡ください。

送料は小社負担でお取り替えします。


ISBN978-4-434-32624-0　C0093